张磊医馀诗声

续篇

张磊◎著

河南科学技术出版社
·郑州·

图书在版编目（CIP）数据

张磊医馀诗声. 续篇 / 张磊著. —郑州：河南科学技术出版社，2015.8
ISBN 978-7-5349-7883-8

Ⅰ.①张⋯ Ⅱ.①张⋯ Ⅲ.①诗集–中国–当代 Ⅳ.①I227

中国版本图书馆CIP数据核字（2015）第172013号

出版发行：河南科学技术出版社
地址：郑州市经五路66号　邮编：450002
电话：（0371）65788613　65788629
网址：www.hnstp.cn
策划编辑：马艳茹
责任编辑：邓　为
责任校对：柯　姣
整体设计：张　伟
责任印制：朱　飞
印　　刷：河南新达彩印有限公司
经　　销：全国新华书店
幅面尺寸：185 mm × 260 mm　印张：20　字数：150千字
版　　次：2015年8月第1版　2015年8月第1次印刷
定　　价：39.80元

自序

这个集子，是在我的《医馀诗声》二版后写的，诗虽不好亦不多，但不忍弃之，故又续出，名曰续篇。内容未作分类，因为每一首诗都是一个独立体，彼此不连，例如同是游园，时间不同，景色不同，所遇之事不同，感受也不一样，诗的内容自然也就有所不同。从整体来看，不外乎言人、言事、言景、言情等这些方面。因我年纪大了，活动范围也小了，大都是就地取材。诗的形式，仍是旧体。现在虽不提倡学写旧体诗，但仍有不少人在写。我总认为旧体诗是中国传统文化的一部分，有它的独特风格、内涵和奥妙，如果写好了，可以令人百读不厌，越读越觉有味道，回味无穷。我幼读私塾，学的是旧体诗，因此对旧体诗情有独钟，总是乐此不疲。我常说，会写旧体诗的，不一定学问都大，不会写旧体诗的，不一定学问不大，只是在这一方面没有涉猎而已。

我的诗有两个特点：一是通俗易懂。尽量不用典或少用典，即使用典，也尽量做到恰到好处，避免生硬、枯涩、干瘪、无味，力争明白如话。如唐·岑参《逢入京使》诗：『故园东望路漫

漫，双袖龙钟泪不干，马上相逢无纸笔，凭君传语报平安。』又如唐·司空曙《江村即事》诗：『罢钓归来不系船，江村月落正堪眠。纵然一夜风吹去，只在芦花浅水边。』这些诗，使人读后如坐春风，如饮醇浆。又如唐·李商隐《马嵬》诗中云：『此日六军同驻马，当时七夕笑牵牛。』句中『六军』和『七夕』『驻马』和『牵牛』，对得非常自然、工整和巧妙，毫无牵强斧凿之嫌。我的诗怎敢与这些诗相比，只是做些努力罢了，即便是打油，也要把油打出来。

二是积极向上。我认为写诗、写文，都应持乐观态度，从医学角度讲，人若经常忧郁悲愤，抑郁寡欢，精神处于低沉状态，属于『阴』的象征，对于健康是非常不好的。我的诗，力戒这些现象。即使有不愉快之事，也应看到曙光，使人读后有兴奋感，有奔头，有希望，即便是老年人，也觉得『夕阳无限好』『霜叶红于二月花』。

我在《医馀诗声》一、二版序言中曾说到，我是中医，不是文学家，不是诗人，更不是书法家，之所以印成一面手书体，一面印刷体，

是想让人知道，尤其是不认识我的人由此可以了解到，我就是这样一个水平，更有益我的后代，得以了解和留存。我认为医理、文理、哲理、乐理等，是相互通连的，可以互相启迪，使人开阔思路，能悟出许多新的东西。所以，我在医馀时间，写写字，写写诗，拉拉二胡，就是这个意思。我已八十六周岁了，若与年龄大的人相比，我还是小弟弟，要好好学习，天天向上，最后有诗一首，再言心声。

黉宫幼入读寒窗，壮学岐黄道路长。
执教临床偿夙愿，育桃培杏喜芬芳。
退休无职医犹在，敬业倾心术务良。
虚度光阴年八六，仍能劳作向前方。

在此书出版之际，河南中医学院第三附属医院给予大力支持，孙玉信教授、张西洁教授、王晓田先生、汪林中社长等给予鼎力帮助，特表示衷心的感谢。

张磊

目录

春节观室内鲜花即兴

今岁鲜花又满堂，这边春色正芬芳。
人云冬日中州冷，我室如同二月阳。

二千零一十三年二月十日正是农历癸巳正月初一日。节前几位好友，给我送来许多盆花，有牡丹、茶花、海棠、蕙兰、蝴蝶兰、富贵珠等，皆已花放，非常喜人。因为近几年，每逢春节皆鲜花满室，故曰"又满"。因室内有暖气，故曰"如同二月阳"。寒冬室内有鲜花，格外生乐。

春节观室内鲜花即兴

今岁鲜花又满堂，这边春色正芬芳。
人云冬日中州冷，我室如同二月阳。

二〇一三年二月十日正是农历癸巳正月初一日。节前几位好友，给我送来许多盆花，有牡丹、茶花、海棠、蕙兰。蝴蝶兰、富贵竹等，皆已花放，非常喜人。因为这几年，每逢春节皆鲜花满室，故曰『又满』。因室内有暖气，故曰『如同二月阳』寒冬室内有鲜花，格外生乐。

八十四岁偶成

癸巳吾逢本命年，又当八四意悠然。
任他岁月匆匆去，依旧耕耘勇向前。

我是己巳年人（一九二九年），今年是癸巳年（二千零一十三年），是我八十四岁的本命年。按习俗所说，本命年要穿红色衣服以示吉祥，同時也讳言八十四，有人有意避开这个年龄数，要么说八十三岁，要么说八十五岁。我则不然，这是自然現象，何必自找麻煩，增加心理負担。

八十四岁偶成

癸巳吾逢本命年，又当八四意悠然。
任他岁月匆匆去，依旧耕耘勇向前。

我是己巳年人（一九二九年），今年是癸巳年（二〇一三年），是我八十四岁的本命年。按习俗所说，本命年要穿红色衣服，以示吉祥，同时也讳言八十四，有人有意避开这个年龄数，要么说八十三岁，要么说八十五岁。我则不然，这是自然现象，何必自找麻烦，增加心理负担。

讀《妻子》有感

松柏苍：性本强，梅花香裏溢清香。
人間多少荒唐事，力挽狂瀾駕远航。

《妻子》是我好友刘学志同志写的。内容是他和妻子丁愛芳女士相识、相愛、结婚，以及婚后诸多磨难，甚至有人加害于他，但都撑过来了，赢得老年幸福。如今儿女成人，皆有建树，真可谓好人自有好报。

時在二零一三年二月十三日。

读《妻子》有感

松柏苍苍性本强，梅花香里溢清香。
人间多少荒唐事，力挽狂澜驾远航。

《妻子》是我好友刘学志同志写的。内容是他和妻子丁爱芳女士相识、相爱、结婚，以及婚后诸多磨难，甚至有人加害于他，但都撑过来了，赢得老年幸福。如今儿女成人，皆有建树，真可谓好人自有好报。

时在二〇一二年二月十三日。

賀友人府宅裝修完工

幽兰满室汇知音，白雪随声落古琴。
遊目騁怀心有悟，人生贵在道根深。

二

賞兰细细品香茶，人共春兰映日斜。
兰守幽貞人守节，人兰宛若卧雲霞。

三

无酒无烟只有茶，高标逸韻话桑麻。

贺友人府宅装修完工

一

幽兰满室汇知音，白雪随声落古琴。
游目骋怀心有悟，人生贵在道根深。

二

赏兰细细品香茶，人共春兰映日斜。
兰守幽贞人守节，人兰宛若卧云霞。

三

无酒无烟只有茶，高标逸韵话桑麻。

悠扬古乐人如醉，一刻千金笑语哗。

癸巳初春，应好友好胜張君之邀，诸多名流相聚，共庆其高雅而又古典的府宅装修，并观赏其非常珍贵的文物及名家书画，尤其是满堂兰草，清香宜人。此次活动以赏兰为主题，或赏、或画、或写、或诗、或吟，各擅其長。各抒其情。同時聆听音乐大师的古琴演奏，悠哉、美哉、乐哉。遂赋诗三首以志之。

張磊

悠扬古乐人如醉，一刻千金笑语哗。

癸巳初春，应好友好胜张君之邀，诸多名流相聚，共庆其高雅而又古典的府宅装修，并观赏其非常珍贵的文物及名家书画，尤其是满室兰草，清香宜人。此次活动，以赏兰为主题，或赏、或画、或写、或诗、或吟，各擅其长，各抒其情，同时聆听音乐大师的古琴演奏，悠哉、美哉、乐哉，遂赋诗三首以志之。

憎霧霾

今冬底事霧霾多，終日昏昏奈尔何。
唯願風神勤作业，藍藍天色气清和。

二〇二二年至次年春，整个冬季大多在霧霾笼罩之中，有時刮场大风，霧霾散去，过了几天，霧霾重来，非常煩心。

憎雾霾

今冬底事雾霾多，终日昏昏奈尔何。
唯愿风神勤作业，蓝蓝天色气清和。

二〇一二年至次年春，整个冬季大多在雾霾笼罩之中，有时刮场大风，雾霾散去，过了几天，雾霾重来，非常烦心。

新柳

岸柳依依又掛絲，黄鸝尚未唱高枝。
年年岁岁春无误，大地从来心不私。

時在二〇一三年三月九日（星期六）农历癸巳正月二十八日。是日天朗气清，惠风和暢，温度9—20℃。

新柳

岸柳依依又挂丝，黄鹂尚未唱高枝。
年年岁岁春无误，大地从来心不私。

时在二〇一三年三月九日（星期六）农历癸巳正月二十八日。是日天朗气清，惠风和畅，温度九至二十六摄氏度。

迎春

万众欢呼青帝来，花：世界笑颜开。
生机无限乐无限，动植飞潜各展才。

時在二〇一三年三月二十日、农历二月初十日，正是第十二届全国人民代表大会，选出中央新领导人，习近平当选为中华人民共和国主席，李克强当选为国务院总理之际。

迎春

万众欢呼青帝来，花花世界笑颜开。
生机无限乐无限，动植飞潜各展才。

时在二〇一三年三月二十一日，农历二月初十日，正是第十二届全国人民代表大会，选出中央新领导人，习近平当选为中华人民共和国主席，李克强当选为国务院总理之际。

编者注：习近平二〇一三年三月一十四日当选国家主席。李克强二〇一三年三月一十五日当选国务院总理。

观紫荆花

紫荆園内紫荆多，未葉先花蕊滿柯。
万木丛中风格异，夺朱之恶有偏頗。

時在二〇一三年三月二十三日，游郑州紫荆山公園，園内紫荆树很多，滿树花珠呈簇状，非常好看，貯观良久，遂口占一首。《论语》：“恶紫之夺朱也。”

观紫荆花

紫荆园内紫荆多，未叶先花蕊满柯。
万木丛中风格异，夺朱之恶有偏颇。

时在二〇一三年三月二十三日，游郑州紫荆山公园，园内紫荆树很多，满树花珠呈簇状，非常好看，贮视良久，遂口占一首。《论语》：『恶紫之夺朱也。』

登高台

緩步能登百尺台，憑欄远眺雾初开。
人生宜忘年龄老，不计高低与貨財。

二〇一三年三月二十三（星期六），游郑州市紫荆山公園，緩步登上高台，憑欄远眺，悦目赏心。台虽无百尺之高，依我体力来说，百尺高台还是可以上去的，故仍曰百尺台，也比較好听一点。

登高台

缓步能登百尺台，凭栏远眺雾初开。
人生宜忘年龄老，不计高低与货财。

二〇一三年三月二十三（星期六），游郑州市紫荆山公园，缓步登上高台，凭栏远眺，悦目赏心。台虽无百尺之高，依我体力来说，百尺高台还是可以上去的，故仍曰百尺台，也比较好听一点。

鳥巢

為繁后代苦經營，构筑新巢靠己成。
驟雨狂风何所惧，毒蛇猛獸亦无惊。
烟霞笼树常相伴，日月行天总是明。
兒女羽丰皆自去，任憑鳩占不来争。

時在二〇一三年三月二十六日。

鸟巢

为繁后代苦经营，构筑新巢靠己成。
骤雨狂风何所惧，毒蛇猛兽亦无惊。
烟霞笼树常相伴，日月行天总是明。
儿女羽丰皆自去，任凭鸠占不来争。

时在二〇一三年三月二十六日。

咏十二生肖

子

敏捷超群夜夜忙，深居洞穴免遭伤。
虽然生性多疵点，倒可提人作预防。

丑

无私方可见真诚，默默耕耘事竟成。
风雨阴晴全不顾，鞠躬尽瘁一生情。

寅

咏十二生肖

子

敏捷超群夜夜忙，深居洞穴免遭伤。
虽然生性多疵点，倒可提人作预防。

丑

无私方可见真诚，默默耕耘事竟成。
风雨阴晴全不顾，鞠躬尽瘁一生情。

寅

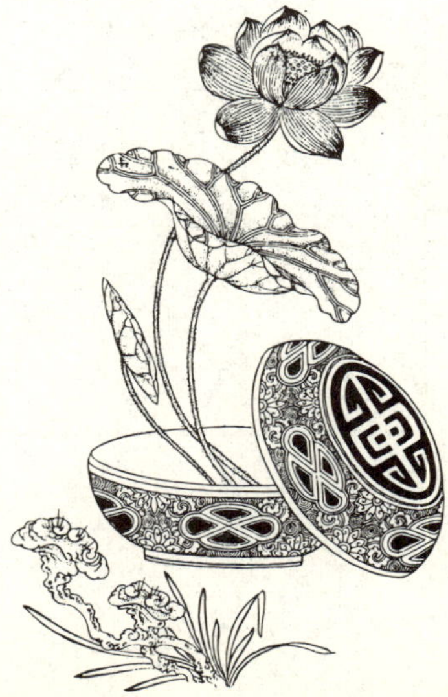

人云尔是獸中王，嘯則風生鎮万方。
威震山林雄氣在，眈眈一視閃明光。

卯

為保身安窟有三，月中搗葯古今谈。
耳長唇裂君休笑，跳躍如飛技甚諳。

辰

潛能入海動飛天，九五之尊耀宇乾。
失態葉公成笑柄，點睛神作道通玄。

人云尔是兽中王，啸则风生镇万方。
威震山林雄气在，眈眈一视闪明光。

卯

为保身安窟有三，月中捣药古今谈。
耳长唇裂君休笑，跳跃如飞技甚谙。

辰

潜能入海动飞天，九五之尊耀宇乾。
失态叶公成笑柄，点睛神作道通玄。

巳

一年一度换新装、能屈能伸是特長。
道路崎岖全不怕、无端豈易露鋒芒。

午

战地馳騁不畏辛、志存千里見精神。
本来面貌焉能改、堪笑当年指鹿人。

未

平生修得性温良、跪乳赢来世贊扬。

巳

一年一度换新装，能屈能伸是特长。
道路崎岖全不怕，无端岂易露锋芒。

午

战地驰骋不畏辛，志存千里见精神。
本来面貌焉能改，堪笑当年指鹿人。

未

平生修得性温良，跪乳赢来世赞扬。

叱石能成君莫怠，白雲片片映斜阳。

申

玩闹喧哗终日忙，林中山野是家乡。

平常难免无争斗，胜者超群称大王。

酉

牝牡功劳各不同，冠髯美丽羽毛丰。

虽为鳥类难飞远，莫说升天一笑终。

戌

叱石能成君莫怠，白云片片映斜阳。

申

玩闹喧哗终日忙，林中山野是家乡。
平常难免无争斗，胜者超群称大王。

酉

牝牡功劳各不同，冠鬌美丽羽毛丰。
虽为鸟类难飞远，莫说升天一笑终。

戌

一生忠主最心纯、不计门庭富与贫。
春夏秋冬坚守夜，更能探得险情真。

亥

奉献无私实可夸、每多糠菜不嫌差。
甘为家国添财富、岁月何关迩与遐。

赞石人

立身坚实冠群雄，无限风光入望中。
电闪雷鸣颜不改、朝朝暮暮总从容。

一生忠主最心纯，不计门庭富与贫。
春夏秋冬坚守夜，更能探得险情真。

亥

奉献无私实可夸，每餐糠菜不嫌差。
甘为家国添财富，岁月何关迩与遐。

赞石人

立身坚实冠群雄，无限风光入望中。
电闪雷鸣颜不改，朝朝暮暮总从容。

賞海棠花

此处年年看海棠，海棠今又吐芬芳。
千姿百态迎風笑，游客纷纷攝像忙。

郑州市碧沙岗公園，内植五千餘株海棠树，计五十多个品种。到这時满園皆花，红如霞、白如雪、红白相映、高低相衬、大小相协，甚是好看。賞花人絡繹不绝。该園一年一度海棠花节今年是第五屆海棠花节。去年今年，我皆来此观賞。

時在二千零一十三年三月三十一日，星期天。

赏海棠花

此处年年看海棠，海棠今又吐芬芳。
千姿百态迎风笑，游客纷纷摄像忙。

郑州市碧沙岗公园，内植五千余株海棠树，计五十多个品种。到这时满园皆花，红如霞，白如雪，红白相映，高低相衬，大小相协，甚是好看，赏花人络绎不绝。该园一年一度海棠花节，今年是第五届海棠花节。去年今年，我皆来此观赏。

时在二〇一三年三月三十一日星期天。

赞友人旧宅新裝

又到張君府，新裝迥不同。深宮藏至宝，飞阁揽長空。
闪闪龙光射，煌煌气势雄。人文综合现，妙手夺天工。

予再次来好友張好胜先生新裝修的宅院，又有新的感受，故又題诗赞之。

春夜听冬郎古琴演奏、叶珂吟唱

宮灯高照夜沉沉，曲曲古琴无俗音。
更有歌喉傳逸韵，此時一刻值千金。

二千零一十三年四月八日晚，应邀又去張好胜先生家，飯后聆听古琴演奏和吟唱，共欢。

赞友人旧宅新装

又到张君府，新装迥不同。深宫藏至宝，飞阁揽长空。
闪闪龙光射，煌煌气势雄。人文综合现，妙手夺天工。

予再次来好友张好胜先生新装修的宅院，又有新的感受，故又赋诗赞之。

春夜听东郎古琴演奏，叶珂吟唱

宫灯高照夜沉沉，曲曲古琴无俗音。
更有歌喉传逸韵，此时一刻值千金。

二〇一三年四月八日晚，应邀又去张好胜先生家，饭后聆听古琴演奏和吟唱，共欢。

清明节为烈士扫墓

烈士当年敢舍生，一腔热血谱忠诚。
江山社稷事关己，日月星辰饯壮行。
宅外森森松柏静，村边默默雾云横。
名垂青史如春雨，润物无声胜有声。

時在二千一十三年四月四日清明节。烈士墓比較集中，故用"村边"二字。

清明节为烈士扫墓

烈士当年敢舍生，一腔热血谱忠诚。
江山社稷事关己，日月星辰饯壮行。
宅外森森松柏静，村边默默雾云横。
名垂青史如春雨，润物无声胜有声。

时在二〇一三年四月四日清明节。烈士墓比较集中，故用『村边』二字。

賞櫻花

树树櫻花色不同，悠然陌上笑春風。
抬头几欲问啼鳥，身在枝间可乐融。

二千零一十三年四月四日，去河南报业集团大院賞櫻花。院内櫻树较多，树树皆花，有紅白兩种，紅呈粉色，白如雪色，紅白相映，非常好看。不禁想起周恩来总理当年在日本观賞櫻花的情景，遂有“当年曾识周郎面，异国他乡诉别衷衷”之句。

赏樱花

树树樱花色不同，悠然陌上笑春风。
抬头几欲问啼鸟，身在枝间可乐融。

二〇一三年四月四日，去河南报业集团大院赏樱花，院内樱树较多，树树皆花，有红白两种，红呈粉色，白如雪色，红白相映，非常好看。不禁想起周恩来总理当年在日本观赏樱花的情景，遂有『当年曾识周郎面，异国他乡诉别衷』之句。

慰友人

梦里情怀梦后寻，柔肠百转总伤心。
莫云春暮花多瘦，满眼青光有茂林。

時在二千一十三年四月九日。

贊老人春秋杂志社

老人伴此度春秋，仁愛为怀展大谋。
鲜活内容皆切用，居高声远誉神州。

癸巳春于河南《老人春秋》杂志社。

慰友人

梦里情怀梦后寻，柔肠百转总伤心。
莫云春暮花多瘦，满眼青光有茂林。

时在二〇一三年四月九日。

赞老人春秋杂志社

老人伴此度春秋，仁爱为怀展大谋。
鲜活内容皆切用，居高声远誉神州。

癸巳春于河南《老人春秋》杂志社。

春日游園

春日公園更壮观、游人如织总盤桓。
奇花异木皆繁茂、到此何分民与官。

賛早市环卫工人

早市收场打扫忙、挥来汗水洒朝阳。
文明城奖君功大、赢得人人齐賛扬。

菜场罢市、垃圾满地、环卫工人忙碌打扫。
干干净净、面貌一新。

春日游园

春日公园更壮观，游人如织总盘桓。
奇花异木皆繁茂，到此何分民与官。

赞早市环卫工人

早市收场打扫忙，挥来汗水洒朝阳。
文明城奖君功大，赢得人人齐赞扬。

菜场罢市，垃圾满地，环卫工人忙碌打扫。干干净净，面貌一新。

咏洛阳牡丹

牡丹仙子与洛神，旷世奇缘竟比邻。
国色天香心共沁，時将花雨洒軽尘。

二

至今人尚想衣裳，今日衣裳更胜唐。
千古風流千古韵，滿城秾艳滿城香。

咏洛阳牡丹

一

牡丹仙子与洛神，旷世奇缘竟比邻。
国色天香心共沁，时将花雨洒轻尘。

二

至今人尚想衣裳，今日衣裳更胜唐。
千古风流千古韵，满城秾艳满城香。

打的难

鄭州打的十分难，鹄立临風拭目观。
不見空車心枉急，万家灯火月如丸。

晚飯后，外出办事，欲打的前往，但久等不見空车，实在心急，遂口占一首。鄭州打的难，是近几年的事，可能与城市发展过快，交通滞后有关。

時在二千零一十三年。

打的难

郑州打的十分难，鹄立临风拭目观。
不见空车心枉急，万家灯火月如丸。

晚饭后外出办事，欲打的前往，但久等不见空车，实在心急，遂口占一首。郑州打的难，是近几年的事，可能与城市发展过快，交通滞后有关。

时在二〇一三年。

贺友人出書

耋年已过又春輝，万紫千红映翠微。
默默耕耘歌大有，岐黄道上彩云飛。

王春鹏教授，是我的老同学，一九六四年同時毕业于河南中医学院。王教授即将出版《春輝医话》，要我写序，序后奉诗一首，以表敬意。我俩皆年过八十，他一九三二年生，我一九二九年生，虽皆老矣，但都还在医院坐诊。

時在二千零一十三年四月二十七日。

贺友人出书

耋年已过又春辉，万紫千红映翠微。
默默耕耘歌大有，岐黄道上彩云飞。

王春鹏教授，是我的老同学，一九六四年同时毕业于河南中医学院。王教授即将出版《春辉医话》要我写序，序后奉诗一首，以表敬意。我俩皆年过八十，他一九三二年生，我一九二九年生，虽皆老矣，但都还在医院坐诊。时在二〇一三年四月二十七日。

賞月季花

月季園中花盛开，清香陣陣瞎飞来。
千姿百态迷人眼，疑是金陵十二釵。

郑州市月季公園，位于西郊嵩山路北段。该園虽建成多年，我却初次来此。園内月季品种甚多，堪称月季之汇。花皆盛开，清香扑鼻。

時在二千零一十三年，五一国际劳动节。

赏月季花

月季园中花盛开，清香阵阵暗飞来。
千姿百态迷人眼，疑是金陵十二钗。

郑州市月季公园，位于西郊嵩山路北段。该园虽建成多年，我却初次来此。园内月季品种甚多，堪称月季之汇。花皆盛开，清香扑鼻。

时在二〇一三年，五一国际劳动节。

初夏同友人游園

初夏公園景色幽、飞花落滿少年头、
同人相互多欢笑、阵阵香風衣上留。

二千零一十三年五月十九日、农历四月初十。同宗海伦女士（从美国加州回来探親）、谢秋丽女士（河南中医学院在读研究生）和臧云彩先生（河南中医学院第三附属医院大夫）一同游郑州市人民公園、園内景物甚佳。其间、風吹树上小花、纷纷落在客人头上、非常有趣、遂口占一首、以作笑料。

初夏同友人游园

初夏公园景色幽，飞花落满少年头。

同人相互多欢笑，阵阵香风衣上留。

二〇一三年五月十九日，农历四月初十。同宋海伦女士（从美国加州回来探亲）、谢秋丽女士（河南中医学院在读研究生）和臧云彩先生（河南中医学院第三附属医院大夫）一同游郑州市人民公园。园内景物甚佳。其间风吹树上小花，纷纷落在客人头上，非常有趣，遂口占一首，以作笑料。

夏入山林

夏入山林裏，身心頓覺清。雲来疑雨至，風动似涛生。瀑布凌空下，藤蔓满眼横。蔚然千壑秀，寒碧送人行。

游園即兴

每到公園裏，情隨景物生。池中魚跳躍，树上鳥鳴嚶。綠竹连天碧，紅榴照眼明。此時吾独賞，归语老妻听。

夏入山林

夏入山林里，身心顿觉清。云来疑雨至，风动似涛生。
瀑布凌空下，藤萝满眼横。蔚然千壑秀，寒碧送人行。

游园即兴

每到公园里，情随景物生。池中鱼跳跃，树上鸟鸣嘤。
绿竹连天碧，红榴照眼明。此时吾独赏，归语老妻听。

游園所遇

胡麻好种无人种，我种胡麻一片情。
待到胡麻收获日，胡麻不负苦心耕。

園内有一位老年女士，在地上水书：胡麻好种无人种。字写得很好。我向她，下一句是啥，她说记不得了。我说没人种，我来种，给您接一句“我种胡麻一片情。”她即地上水书此句，并说谢谢。回来后觉得有趣，也属多事，又续后两句，成了一首诗。

游园所遇

胡麻好种无人种，我种胡麻一片情。
待到胡麻收获日，胡麻不负苦心耕。

园内有一位老年女士，在地上水书『胡麻好种无人种』。字写得很好。我问她下一句是啥，她说记不得了。我说没人种，我来种，给您接一句『我种胡麻一片情』。她即地上水书此句，并说谢谢。回来后觉得有趣，也属多事，又续后两句，成了一首诗。

庆神舟十号载人飞船发射成功

神舟今又吻天宫，神女神男有不同。
寄语天神多相助，他年天上更神通。

北京時间，二千零一十三年六月十一日十七時三十八分，神舟十号载人飞船，在酒泉卫星发射中心，发射升空，确准进入预定轨道，顺利将三名航天员送入太空。他们是聂海胜、張曉光、王亚平（女）。与上次"神九"升空对接時三名航天员不尽相同，故曰"不同"。天宫，指天宫一号飞船，神舟再次与天宫一号对接。

庆神舟十号载人飞船发射成功

神州今又吻天宫，神女神男有不同。
寄语天神多相助，他年天上更神通。

北京时间，二〇一三年六月十一日十七时三十八分，神舟十号载人飞船，在酒泉卫星发射中心，发射升空，准确进入预定轨道，顺利将三名航天员送入太空。他们是聂海胜、张晓光、王亚平（女），与上次『神九』升空对接时三名航天员不尽相同。故曰『不同』。『天宫』指天宫一号飞船，神舟再次与天宫一号对接。

庆神十飞天，蛟龙入海

盛世人心暢，神州气宇昂。能行天上路，敢卧海间床。善友皆嘉友，交强不畏强。齐圆中国梦，改革定兴邦。

夏晚游園

绿树浓阴裏，森森夏晚凉。輕風梳细柳，舞女展寬裳。野鳥归林息，飞霞送日忙。华灯光闪闪，夕景亦芬芳。

庆神十飞天，蛟龙入海

盛世人心畅，神州气宇昂。能行天上路，敢卧海间床。
善友皆嘉友，交强不畏强。齐圆中国梦，改革定兴邦。

夏晚游园

绿树浓阴里，森森夏晚凉。轻风梳细柳，舞女展宽裳。
野鸟归林急，飞霞送日忙。华灯光闪闪，夕景亦芬芳。

公園晨练集錦

公園晨練各悠然，只費工夫不費錢。
樹下黄梅声細細，坊间紅袖舞翩翩。
地上蕭洒无拘束，毽子翻飞任倒顛。
更有婷婷模特队，轻抬莲步宛如仙。

二千零一十三年六月三十日晨，去郑州市人民公園。園内晨练者甚众，形式多样，有在树下唱黄梅戏者，有在广场跳舞者……非常开心，遂缀成此句，以作志兴云尔。

公园晨练集锦

公园晨练各悠然，只费工夫不费钱。
树下黄梅声细细，场间红袖舞翩翩。
地书潇洒无拘束，毽子翻飞任倒颠。
更有婷婷模特队，轻抬莲步宛如仙。

二〇一三年六月三十日晨，去郑州市人民公园。园内晨练者甚众，形式多样，有在树下唱黄梅戏者，有在广场跳舞者……非常开心，遂缀成此句，以作志兴云尔。

赞清晨湖边读书青年

拂拂轻风水面平，湖边静立读书生。
愿君早得黄金屋，笔扫千军事业成。

二千零一十三年夏日晨间，郑州市人民公园湖边，有一女青年静立读书，吾甚许之。因现在人，除学校学生外，能到公园内晨读者甚少，故作是诗以美之。

赞清晨湖边读书青年

拂拂轻风水面平，湖边静立读书生。
愿君早得黄金屋，笔扫千军事业成。

二〇一三年夏日晨间，郑州市人民公园湖边，有一女青年静立读书，吾甚讶之。因现在人，除学校学生外，能到公园内晨读者甚少，故作是诗以美之。

赞著名书法家云平先生

笼鹅早到砚池边，学继前贤敢领先。
海角天涯留胜迹，白云平布遍山川。

云平先生现任河南省书协副主席，曾在许多国家举办个人書展，影响深远。

赞著名山水画家田占峰先生

田君稳稳占高峰，五岳三山尽在胸。
多少工夫凝此力，挥毫落纸总从容。

赞著名书法家云平先生

笼鹅早到砚池边，学继前贤敢领先。
海角天涯留胜迹，白云平布遍山川。

云平先生现任河南省书协副主席，曾在许多国家举办个人书展，影响深远。

赞著名山水画家田占峰先生

田君稳稳占高峰，五岳三山尽在胸。
多少工夫凝此力，挥毫落纸总从容。

贊著名书法家、诗人西中文先生

玉衡集裏有千秋、蓬島鶴林費索求。
鉄画銀鈎惊世界、錦心綉口訴風流。
捧书送走高天月、励志常乘破浪舟。
宅近荆園生妙趣、洋洋美景望中收。

玉衡集是西先生的诗文大著、由中州古籍出版社出版。先生的住宅、与郑州市紫荆山公園只一墻之隔、先生住在十七楼、園内景色、一覧无餘。蓬島鶴林、是西先生在该书自序中的用語。

張磊

赞著名书法家、诗人西中文先生

玉衡集里有千秋，蓬岛鹤林费索求。
铁画银钩惊世界，锦心绣口讶风流。
捧书送走高天月，励志常乘破浪舟。
宅近荆园生妙趣，洋洋美景望中收。

玉衡集是西先生的诗文大著，由中州古籍出版社出版。先生的住宅，与郑州市紫荆山公园只一墙之隔，先生住在十七楼，园内景色，一览无余。蓬岛鹤林，是西先生在该书自序中的用语。

暑夕園中偶成

暑夕无风扇有风，
兴来散步小園中。
凝观跳舞练功者，
汗透衣襟曲不終。

二千零一十三年夏六月，晚飯后去郑州市經緯广场（小公園，离我家很近）散步，天气甚热，无风。但園中人流如织，跳舞者，练功者甚夥，不怕炎热，汗流浃背，活动不停。

暑夕园中偶成

暑夕无风扇有风，兴来散步小园中。
凝观跳舞练功者，汗透衣襟曲不终。

二〇一三年夏六月，晚饭后去郑州市经纬广场（小公园，离我家很近）散步，天气甚热，无风。但园中人流如织，跳舞者、练功者甚伙。不怕炎热，汗流浃背，活动不停。

空山新雨后

唐、王维《山居秋暝》空山新雨后，天气晚来秋。

高山空朗朗，雨后一番新。渐觉雷声远、重阁鳥语频。晴峦青似黛、瀑布白如銀。雲去諸峯瘦、風來遍地匀。樵夫寻旧路、村女採鮮蘋。碧海澄无滓、紅桥净浮尘。开轩抬望眼、坐榻飲清醇。感此茫茫裏、心平可悟真。

這是试帖诗体式。诗为五言十六句。要求前四句或前两句、要把

空山新雨后

唐·王维《山居秋暝》空山新雨后，天气晚来秋。

高山空朗朗，雨后一番新。渐觉雷声远，重闻鸟语频。
晴峦青似黛，瀑布白如银。云去诸峰瘦，风来遍地匀。
樵夫寻旧路，村女采鲜蘋。碧海澄无滓，红桥净浮尘。
开轩抬望眼，坐榻饮清醇。感此茫茫里，心平可悟真。

这是试帖诗体式，诗为五言十六句。要求前四句或前两句，要把

题破开，然后根据题意抒写。这是过去科举考试文体，多以古人诗句或成语为题。清代试帖诗格式限制尤严。这种诗体，比较难写，要想把它写得很好，很不容易。科举制度废除后，它也随之废除了。我在读私塾時，老师曾说过，若果学识浅薄，别说写好了，甚至连题都破不开。我才疏学浅，始终未敢涉猎。今已老矣，厚着脸皮，学写一首，自知很不合乎要求，又无人指点，反正是学习罢，请明者正之。

時在二千零一十三年七月十三日。

题破开，然后根据题意抒写。这是过去科举考试文体，多以古人诗句或成语为题。清代试帖诗格式限制尤严。这种诗体，比较难写，要想把它写得很好，很不容易。科举制度废除后，它也随之废除了。我在读私塾时，老师曾说过，若果学识浅薄，别说写好了，甚至连题都破不开。我才疏学浅，始终未敢涉猎。今已老矣，厚着脸皮，学写一首，自知很不合乎要求，又无人指点，反正是学习罢，请明者正之。

时在二〇一三年七月十三日。

咏菊

晚节黄花今又芳、年年岁岁醉重阳。
籬边山下悠然静、朗朗秋光淡淡香。

二

阵阵秋風月一輪、蕊寒香冷傲霜晨。
幽居三徑怀彭泽、不慕繁华富貴春。

咏菊

一

晚节黄花今又芳，年年岁岁醉重阳。
篱边山下悠然静，朗朗秋光淡淡香。

二

阵阵秋风月一轮，蕊寒香冷傲霜晨。
幽居三径怀彭泽，不慕繁华富贵春。

赞郑玉玲院長

力挽狂澜败局匡，攻坚克险气轩昂。
统筹兼顾谋能远，百废俱兴願得償。
兩袖清風迎夜月，一肩重任谱新章。
岐黄道上不停步，松柏精神志永刚。

由于种种原因，更主要的是人為因素，造成河南中医学院濒于崩溃边缘，新校区成为一个烂摊子，老大难。郑院長受命于危难之际，克服种种困难，终使新校区面貌一新，成為中原一所像样的中医殿堂，重振雄风。

张磊

赞郑玉玲院长

力挽狂澜败局匡，攻坚克险气轩昂。
统筹兼顾谋能远，百废俱兴願得偿。
两袖清风迎夜月，一肩重任谱新章。
岐黄道上不停步，松柏精神志永刚。

由于种种原因，更主要的是人为因素，造成河南中医学院濒于崩溃边缘，新校区成为一个烂摊子、老大难。郑院长受命于危难之际，克服种种困难，终使新校区，面貌一新，成为中原一所像样的中医殿堂，重振雄风。

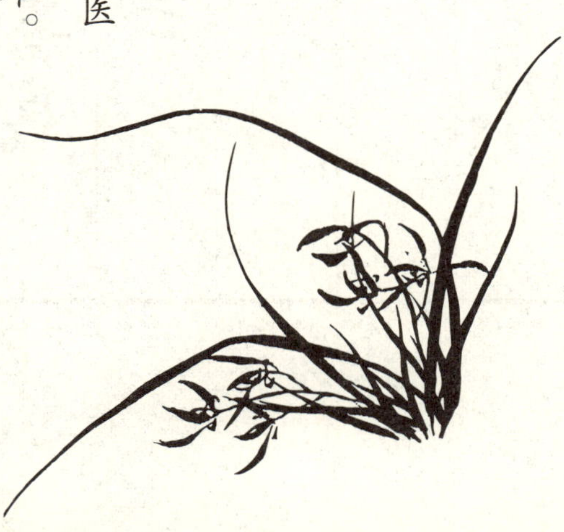

八馬是長寿之乡

八馬人称長寿乡，年过百岁属平常。
得天独厚山和水，淳朴民風性善良。

我虽未去过八馬，但从电視上和去过那里的人，不断介绍，得知一些情况，心向往之，故作是诗，以明心声。

立冬偶成

虽是立冬未大寒，深秋景色尚丹丹。
南飛候鳥寻安地，万物潛藏已肇端。

八马是长寿之乡

八马人称长寿乡，年过百岁属平常。
得天独厚山和水，淳朴民风性善良。

我虽未去过八马，但从电视上和去过那里的人，不断介绍，得知一些情况，心向往之，故作是诗，以明心声。编者注：八马应为巴马。

立冬偶成

虽是立冬未大寒，深秋景色尚丹丹。
南飞候鸟寻安地，万物潜藏已肇端。

奉和友人八十三岁余辉晚照诗原玉兩首

萧老犹如江海水、医文並茂尽風流。
滿山紅杏朝霞映、簾捲华堂掛玉鈎。

二

岁月蹉跎如逝水、茫茫都付大江流。
而今杏苑春風暖、豈敢偷閑垂釣鈎。

附：萧先生詩

彩虹滿映碧江水、环带空飄血海流。

奉和友人八十三岁余辉晚照诗原玉两首

一

萧老犹如江海水，医文并茂尽风流。
满山红杏朝霞映，帘卷华堂挂玉钩。

二

岁月蹉跎如逝水，茫茫都付大江流。
而今杏苑春风暖，岂敢偷闲垂钓钩。

附：萧先生诗

彩虹满映碧江水，环带空飘血海流。

如画風光谁收管，夕阳醉卧待銀鈎。

我与寿民萧先生，既是同乡又是同道，我長兩岁。几十年光阴，转瞬过去，惜哉，惜哉！而今中医形势大好，我仍在医院坐诊，為病人服务。予读萧先生餘辉晚照诗，受益匪浅，感慨良多，遂奉和原玉兩首。其一，是写萧先生的。其二，是写我自己的。写得不好，作为交流，留念而已。

時在二千零一十三年十月二日。

如画风光谁收管，夕阳醉卧待银钩。

我与寿民萧先生，既是同乡又是同道，我长两岁。几十年光阴，转瞬过去，惜哉，惜哉！而今中医形势大好，我仍在医院坐诊，为病人服务。予读萧先生馀辉晚照诗，受益匪浅，感慨良多，遂奉和原玉两首。其一，是写萧先生的。其二，是写我自己的，写得不好，作为交流，留念而已。

时在二〇一三年十月二日。

在开封龙亭公園看菊展

菊似海洋人似潮，开封此日最喧嚣。
龙亭回顾胸怀广，花影湖光映碧霄。

二

满城尽是菊風香，游客紛紛夸汴梁。
苏轼台前书在手，花间清照弄琴忙。

开封三十一届菊花文化节，于二千零一十二年十月十八日拉开帷幕，大街小巷、城墙内外、景区周边、环

在开封龙亭公园看菊展

一

菊似海洋人似潮，开封此日最喧嚣。
龙亭四顾胸怀广，花影湖光映碧霄。

二

满城尽是菊风香，游客纷纷夸汴梁。
苏轼台前书在手，花间清照弄琴忙。

开封三十一届菊花文化节，于二〇一三年十月十八日拉开帷幕，大街小巷，城墙内外，景区周边，环

湖邻水，花海人潮，蔚为壮观。我是开幕后第三天上午去的，登上龙亭，环顾四周，美不胜收。自今年起，开封菊花文化节，上升为国节。本届与往届不同点：一是菊花品种多，摆放更具特色。二是有苏轼和李清照的塑像，游人纷纷与其合影拍照。后来听说塑像是活人装扮的，稳稳不动，看不出来是假，难得，难得！

湖临水，花海人潮，蔚为壮观。我是开幕后第三天上午去的，登上龙亭，环顾四周，美不胜收。自今年起，开封菊花文化节，上升为国节。本届与往届不同点：一是菊花品种多，摆放更具特色。二是有苏轼和李清照的塑像，游人纷纷与其合影拍照，后来听说塑像是活人装扮的，稳稳不动，看不出来是假，难得，难得！

八十五岁生日兴怀

吾寿而今八五春，男耕女織乐天伦。
一生忠守岐黄业，没齿难忘父母親。
闲拉胡琴听鳥语，細研徽墨写精神。
待来三万六千日，再举金杯醉老身。

今年是农历癸巳年，我八十五岁，是我的本命年。

我老伴胡国英八十五周岁，一虛一实，共庆八十五岁生日。

空山鳥语，是二胡名曲。若果能活到一百岁，一定再度庆賀。

八十五岁生日兴怀

吾寿而今八五春，男耕女织乐天伦。
一生忠守岐黄业，没齿难忘父母亲。
闲拉胡琴听鸟语，细研徽墨写精神。
待来三万六千日，再举金杯醉老身。

今年是农历癸巳年，我八十五岁，是我的本命年。我老伴胡国英八十五周岁，一虚一实，共庆八十五岁生日。空山鸟语，是二胡名曲，若果能活到一百岁，一定再度庆贺。

参观李放教授书法展偶成

李放鲜花阵阵香，春风细雨润兰芳。
最高学府领军者，一代天骄世世强。

李放教授是著名学者、书法家欧阳中石先生的书法博士。现任郑州大学美术学院委员会主任、郑州大学书法文化研究所所长。二千零九年学术专著《苏轼书法思想研究》获第三届中国书法兰亭奖理论奖。故曰：春风细雨润兰芳。时在二千零一十三年十一月十日于郑州大学书展大厅。

参观李放教授书法展偶成

李放鲜花阵阵香，春风细雨润兰芳。
最高学府领军者，一代天骄世世强。

李放教授是著名学者、书法家欧阳中石先生的书法博士。现任郑州大学美术学院委员会主任，郑州大学书法文化研究所所长。二〇〇九年学术专著《苏轼书法思想研究》获第三届『中国书法兰亭奖』理论奖。故曰：春风细雨润兰芳。

时在二〇一三年十一月十日于郑州大学书展大厅。

观残菊偶成

菊老园中已减姿，空留遗憾我来迟。
恼人阵阵西风冷，落叶纷纷不惜时。

時在二千零一十三年十一月十六日（星期六）农历癸巳年十月十四日。郑州市人民公园有菊展，造型奇特，但大多已残。因数月未来，不知园有菊展，未能早来，一睹芳姿，实在可惜。此日西風很大，气候较寒，树叶纷纷下落，不禁使人悵然。

观残菊偶成

菊老园中已减姿，空留遗憾我来迟。
恼人阵阵西风冷，落叶纷纷不惜时。

时在二〇一三年十一月十六日（星期六）农历癸巳年十月十四日。郑州市人民公园有菊展，造型奇特，但大多已残。因数月未来，不知园有菊展，未能早来，一睹芳姿，实在可惜。此日西风很大，气候较寒，树叶纷纷下落，不禁使人怅然。

游園登台

今日老夫又上台，輕風送我似相催。
此時虽未小天下，同样舒心眼大开。

二千零二十三年十二月十九日（星期二）农历癸巳十月十七日。予去郑州市紫荆山公園，徒步登上高台，举目四顾，心旷神怡。台虽不太高，但有一定高度，层层石階，比较陡峻，上有围栏、凉亭。吾今年八十五岁，能独步而上，自感满足。

游园登台

今日老夫又上台，轻风送我似相催。
此时虽未小天下，同样舒心眼大开。

二〇一三年十一月十九日（星期二）农历癸巳十月十七日，予去郑州市紫荆山公园，徒步登上高台，举目四顾，心旷神怡。台虽不太高，但有一定高度，层层石阶，比较陡峻，上有围栏、凉亭。吾今年八十五岁，能独步而上，自感满足。

新月

推窗始見月如鉤、疑是嫦娥上翠樓。
梳罷曉鬟眉宇展、遥看尘世度春秋。

二千零一十三年十一月二十日、农历十月二十六日凌晨。

二

新月东悬似画眉、金鸡初唱露芳姿、
来来往往循天路、同与圓時一样奇。

二千零一十四年七月二十三日、农历六月二十七日凌晨。

新月

一

推窗始见月如钩，疑是嫦娥上翠楼。
梳罢晓鬟眉宇展，遥看尘世度春秋。

二〇一三年十一月二十日、农历十月二十六日凌晨。

二

新月东悬似画眉，金鸡初唱露芳姿。
来来往往循天路，同与圆时一样奇。

二〇一四年七月二十三日、农历六月二十七日凌晨。

三

弯弯新月現凌晨、只可怡人不照人。
待到晴時三五夜、举杯邀飲再相親。

時在二千零一十五年一月十八日，农历甲午年十一月二十八日。

据我观察、新月都在这時出現在东方。若果貪睡晚起，是难以看到的。以上三首，虽同为新月，但在不同月份写的，感受亦有所不同。堪笑予之煩贅也。

三

弯弯新月现凌晨，只可怡人不照人。
待到晴时三五夜，举杯邀饮再相亲。

时在二〇一五年一月十八日，农历甲午年十一月二十八日。

据我观察，新月都在这时出现在东方。若果贪睡晚起，是难以看到的。以上三首，虽同为新月，但在不同月份写的，感受亦有所不同。堪笑予之烦赘也。

賀嫦娥三号探月成功

嫦娥三号赴蟾宫，同是嫦娥各不同。
多少美谈成一笑，而今实地写真容。

二千零一十三年十二月二日一時三十分，西昌卫星发射中心将嫦娥三号成功发射，經一百一十二小時飞行，于十二月六日十七時五十三分，嫦娥三号探测器順利进入环月軌道。二千零一十三年十二月十四日二十一時十一分成功落月，举国欢騰。中国成为世界上第三个有能力，独自实施月球軟着陆的国家。

贺嫦娥三号探月成功

嫦娥三号赴蟾宫，同是嫦娥各不同。
多少美谈成一笑，而今实地写真容。

二〇一三年十二月二日一时三十分，西昌卫星发射中心将嫦娥三号成功发射，经一百一十二小时飞行，于十二月六日十七时五十三分，嫦娥三号探测器顺利进入环月轨道。二〇一三年十二月十四日二十一时十一分成功落月，举国欢腾。中国成为世界上第三个有能力、独自实施月球软着陆的国家。

春节前

春节将临气象新，窗花灼灼对门神。
思亲归客心如箭，不畏征程苦与辛。

二千零一十四年一月三十日

迟来的雪

郑州今岁雪来迟，六九方观六出姿。
大地如银迷望眼，儿童嬉戏犬相随。

二千零一十四年二月五日农历正月初六

春节前

春节将临气象新，窗花灼灼对门神。
思亲归客心如箭，不畏征程苦与辛。

二〇一四年一月三十日。

迟来的雪

郑州今岁雪来迟，六九方观六出姿。
大地如银迷望眼，儿童嬉戏犬相随。

二〇一四年二月五日农历正月初六。

贺同道出書

古来針灸世称奇，起死回生在短時。
个里玄机谁解得，苦心学习苦心思。

河南省中医药研究院余伦文主任医师，临床經驗丰富，继《中和医鉴》、《中和医案》出版之后，又把長期临床用針灸治疗疾病的经驗，写成《中和針灸》。嘱予写序，序后附此诗以表敬意。

贺同道出书

古来针灸世称奇，起死回生在短时。
个里玄机谁解得，苦心学习苦心思。

河南省中医药研究院余伦文主任医师，临床经验丰富，继《中和医鉴》《中和医案》出版之后，又把长期临床用针灸治疗疾病的经验，写成《中和针灸》。嘱予写序，序后附此诗以表敬意。

应邀在郑州信阳红酒店就餐偶成

年年欢聚信阳红，深谢李刘义与忠。
美酒佳肴人散去，歪歪扭扭忘西东。

信阳红酒店，是信阳固始人经营的。李培干先生和刘克靖女士系夫妇俩。二位皆在郑州大学工作，皆已退休，为人豪爽、喜交朋友。与我既是同乡，又是好友、也是我的晚辈。他们每年春节期间，邀我全家到该酒店聚餐，我深为感动，遂口占一首，以表谢忱并作志念。時在二千零一十四年二月十五日 农历正月十六日。

应邀在郑州信阳红酒店就餐偶成

年年欢聚信阳红，深谢李刘义与忠。
美酒佳肴人散去，歪歪扭扭忘西东。

信阳红酒店是信阳固始人经营的。李培干先生和刘克靖女士系夫妇俩。二位皆在郑州大学工作，皆已退休，为人豪爽，喜交朋友。与我既是同乡，又是好友，也是我的晚辈。他们每年春节期间，邀我全家到该酒店聚餐，我深为感动，遂口占一首，以表谢忱并作志念。

时在二〇一四二月十五日农历正月十六日。

观玉有感

同是山中玉，古今大不同。文明承载重，
气息蕴涵手。成器缘雕琢，连城本杰雄。
能藏千世后，一样老来紅。

二千零一十四年二月二十二日（星期六）

自嘲写诗

写来几首打油诗，頗覺心舒喜不支。
随地取材粗备料，难成大器更多疵。

观玉有感

同是山中玉，古今大不同。文明承载重，气息蕴涵丰。
成器缘雕琢，连城本杰雄。能藏千世后，一样老来红。

二〇一四年二月二十二日（星期六）

自嘲写诗

写来几首打油诗，颇觉心舒喜不支。
随地取材粗备料，难成大器更多疵。

馬年话馬

人人都说馬年祥，生子欲生小馬郎。
拜相封侯如拾芥，招财进宝似探囊。
几番鸣啸军中骁，多少英雄背上强。
曾识当（昔）時孫大圣，行空万里闪龙光。

今年是农历甲午年，众说馬年好，什么"馬上封侯"、"馬到成功"、"馬上发财"等等吉祥语，脱口而出，相互祝福。我在医院坐诊，常遇到育龄妇女，让我用药调理，想在馬年怀孕生子。

马年话马

人人都说马年祥，生子欲生小马郎。
拜相封侯如拾芥，招财进宝似探囊。
几番鸣啸军中晓，多少英雄背上强。
曾识昔时孙大圣，行空万里闪龙光。

今年是农历甲午年，众说马年好，什么『马上封侯』『马到成功』『马上发财』等等吉祥语，脱口而出，相互祝福。我在医院坐诊，常遇到育龄妇女，让我用药调理，想在马年怀孕生子。

早春游園

近看柳絲纔有芽、風中搖曳任顛斜。
參差湖水漾春意、只待迎来青帝车。

光阴似箭、春又来临、今日乘闲、公園一游。園中游人不少、各有所乐、我在早字上得趣。"青帝"、天帝名、东方之神。东方为春、青帝又为春神。

二千零一十四年二月二十七日、农历正月二十八日。

早春游园

近看柳丝才有芽，风中摇曳任颠斜。
参差湖水漾春意，只待迎来青帝车。

光阴似箭，春又来临，今日乘闲，公园一游。园中游人不少，各有所乐。我在早字上得趣。『青帝』，天帝名，东方之神。东方为春，青帝又为春神。

二〇一四年二月二十七日，农历正月二十八日。

龙抬头日偶成

苍龙久卧始抬头，民俗流傳自有由。
美酒佳肴欢此日，且停磨碾与耕牛。

我的家乡固始县，民间流傳，每年农历二月初二為龙抬头日（与惊蛰节气很近）。此日民间不打碾子，不推磨，不使牛耕地。据说，停止这些活动，恐伤龙体，故有"龙抬头，不打碾子不使牛"之谚语。石碾是碾米的工具，石磨是磨面的工具。在旧社会，殷实人家，此日美餐一顿。我老家親戚崔建堂，在郑州做生意，此日邀我全家在酒店就餐。甲午年。

龙抬头日偶成

苍龙久卧始抬头，民俗流传自有由。
美酒佳肴欢此日，且停磨碾与耕牛。

我的家乡固始县，民间流传，每年农历二月初二为龙抬头日（与惊蛰节气很近）。此日民间不打碾子，不推磨，不使牛耕地。据说停止这些活动，恐伤龙体。故有『龙抬头，不打碾子不使牛』之谚语。石碾是碾米的工具，石磨是磨面的工具。在旧社会殷实人家，此日美餐一顿。我老家亲戚崔建堂，在郑州做生意，此日邀我全家在酒店就餐。甲午年。

瞻仰郑州二七紀念塔

广场二七塔双高，銘记英雄世代豪。
正气存胸何所惧，敢将热血洒江涛。

郑州二七广场，聳立二七紀念塔，塔系连体双塔，十四层，有"二"的含意，塔高六十三米，非常壮观，顶层四面皆有大鐘，按点报時，响彻云霄。内有二七大罢工展覽室。此塔為紀念一九二十三年京漢铁路工人大罢工，在二七烈士牺牲的長春桥旧址修建。一九七一年七月一日重建，由鋼筋混凝土构筑。

瞻仰郑州二七纪念塔

广场二七塔双高，铭记英雄世代豪。
正气存胸何所惧，敢将热血洒江涛。

郑州二七广场，耸立二七纪念塔，塔系连体双塔，十四层，有『二』的含意，塔高六十三米，非常壮观，顶层四面皆有大钟，按点报时，响彻云霄。内有二七大罢工展览室。此塔为纪念一九二三年京汉铁路工人大罢工，在二七烈士牺牲的长春桥旧址修建。一九七一年七月一日重建，由钢筋混凝土构筑。

看齐白石誕辰一百五十周年真迹展有感

齐翁遗作貴超金、独树文風高又深。
待到千年重展示、光輝闪烁胜于今。

二千零一十四年三月八日至三月九日、在中州皇冠假日酒店三号楼二层中原厅展出（巡展）。

观張万庆先生書法小品展即兴 于河南省博物院西展厅

鉄画銀鈎小大由、雲烟落紙尽風流。
高人如玉多温潤、淡淡书香溢九州。

看齐白石诞辰一百五十周年真迹展有感

齐翁遗作贵超金，独树文风高又深。
待到千年重展示，光辉闪烁胜于今。

二〇一四年三月八日至三月九日，在中州皇冠假日酒店三号楼二层中原厅展出（巡展）。

观张万庆先生书法小品展即兴于河南省博物院西展厅

铁画银钩小大由，云烟落纸尽风流。
高人如玉多温润，淡淡书香溢九州。

春日即兴

煦煦和風撲面来，春回大地万花开。
平原处处皆佳境，燕语鶯歌演一台。

讚李花

李綻奇葩有异香，清清白白立群芳。
历经多少風霜苦，赢得春光沐艳阳。

時在二千零一十四年春。

春日即兴

煦煦和风扑面来，春回大地万花开。
平原处处皆佳境，燕语莺歌演一台。

赞李花

李绽奇葩有异香，清清白白立群芳。
历经多少风霜苦，赢得春光沐艳阳。

时在二〇一四年春。

谢友人赠诗集

刘君駕莅赠詩来，頓启心扉茅塞开。
细雨滋荣春草绿，和風吹去雾霾灰。
诗中句外藏真气，字裏行间寓俊才。
老驥犹怀千里志，卧看明月映苍苔。

刘学志先生字逸之，是我知音好友，新著《逸之诗文选春草集》已出版，不吝賜赠，受益匪浅，特凑俚句，以表谢忱。

時在二千零一十四年十二月。

谢友人赠诗集

刘君驾莅赠诗来，顿启心扉茅塞开。
细雨滋荣春草绿，和风吹去雾霾灰。
诗中句外藏真气，字里行间寓俊才。
老骥犹怀千里志，卧看明月映苍苔。

刘学志先生字逸之，是我知音好友，新著《逸之诗文选春草集》已出版，不吝赐赠，受益匪浅，特凑俚句，以表谢忱。

时在二〇一四年十二月。

痛馬航飞机失联

一

馬航頓失众心伤，苦苦搜寻日夜忙。

海底撈針盟誓願，恨將鉄索鎖龙王。

二

迅傳噩耗遍全球，举世同悲双泪流。

惨事无情难幸免，定留史册记千秋。

痛马航飞机失联

一

马航顿失众心伤，苦苦搜寻日夜忙。
海底捞针盟誓愿，恨将铁索锁龙王。

二

迅传噩耗遍全球，举世同悲双泪流。
惨事无情难幸免，定留史册记千秋。

三

万里雲山一日还、途中遇难不團圓。
同归于尽非同願、含恨千秋咒逝川。

四

空难夺人命一条、魂归故里恨难消。
未成事业未圓梦、遺憾深深付海潮。

三

万里云山一日还，途中遇难不团圆。
同归于尽非同愿，含恨千秋咒逝川。

四

空难夺人命一条，魂归故里恨难消。
未成事业未圆梦，遗憾深深付海潮。

五

海水滔滔月色寒、故園永别路漫漫。
人生多少难知事、魂断他乡歎复歎。

六

一人举禍禍全机、个裏真情尚不知。
无可奈何沉睡去、令人搜索費猜疑。

五

海水滔滔月色寒，故园永别路漫漫。
人生多少难知事，魂断他乡叹复叹。

六

一人举祸祸全机，个里真情尚不知。
无可奈何沉睡去，令人搜索费猜疑。

七

大海茫茫水势汹，机沉何处雾重重。
虽然用尽诸先法，难觅残骸一片踪。

八

可怜乘者顿消魂，大海扬波难洗冤。
但愿人生无劫难，安安乐乐度寒温。

北京時間二千零一十四年三月八日零時四十二分，馬来西亜航空公司一架波音七七七型客机，执行从馬来西亜吉隆

七

大海茫茫水势汹，机沉何处雾重重。
虽然用尽诸先法，难觅残骸一片踪。

八

可怜乘者顿销魂，大海扬波难洗冤。
但愿人生无劫难，安安乐乐度寒温。

北京时间二〇一四年三月八日零时四十二分，马来西亚航空公司一架波音七七七型客机，执行从马来西亚吉隆

波飞往北京（MH370）航班任务，飞机共搭乘二百三十九人，包括一百五十四人中国乘者。一時二十分，飞机与地面失去联系。到三月十二日六時四十分，参加失联客机搜救的中国舰船达到八艘，搜索范围进一步扩展。后又根据馬来西亚消息报导，转向南印度洋搜寻，虽经多国参加搜寻，用了许多先进搜寻器械和手段，至今一无所获，据云，搜寻将是長期的。吾深为之痛伤，故写此八首，以表哀意。

坡飞往北京（MH370）航班任务，飞机共搭乘二百三十九人，包括一百五十四人中国乘者。一时二十分，飞机与地面失去联系。到三月十二日六时四十分，参加失联客机搜救的中国舰船达到八艘，搜索范围进一步扩展。后又根据马来西亚消息报道，转向南印度洋搜寻，虽经多国参加搜寻，用了许多先进搜寻器械和手段，至今一无所获。据云，搜寻将是长期的。吾深为之痛伤，故写此八首，以表哀意。

参观友人庄園即兴

黄河岸畔一明珠、名木名花棲宇湖。
范氏田園无限美、置身恍若在天衢。

范国甫先生是我的朋友、在黄河南岸、经营一千五百五十五畝園区。園内名花名木、蔬菜家禽、并有宾舘、歺飲、游乐坊所、游泳池、大湖小湖、楼堂舘所、等等，可謂全矣。既有田園風光、又有都市神韵、予观之即兴而作。時在二千零一十四年三月二十九日。

参观友人庄园即兴

黄河岸畔一明珠，名木名花楼宇湖。
范氏田园无限美，置身恍若在天衢。

范国甫先生是我的朋友，在黄河南岸，经营一千五百五十五亩园区。园内名花名木、蔬菜家禽，并有宾馆、餐饮、游乐场所、游泳池、大湖小湖、楼堂馆所等等，可谓全矣。既有田园风光，又有都市神韵，予观之即兴而作。时在二〇一四年三月二十九日。

又去范氏田園

今日同来仙客坊、猗猗绿竹绕迴廊。
范君情意深千尺、接待周详入醉乡。

二千零一十四年五月三日、应范国甫先生邀请、家中多人去其田園内仙客来酒店就餐。酒店古朴典雅、餐饮档次较高。吾甚感之、即席赋诗一首、以表谢忱。

又去范氏田园

今日同来仙客坊，猗猗绿竹绕回廊。
范君情意深千尺，接待周详入醉乡。

二〇一四年五月三日，应范国甫先生邀请，家中多人去其田园内仙客来酒店就餐。酒店古朴典雅，餐饮档次较高。吾甚感之，即席赋诗一首，以表谢忱。

賀李普教授肝病治驗心法出版

力保将军出虑谋，仁心耿耿术犹（优）犹。
仰天一笑心无愧，大道岐黄上下求。

李普教授，是我大学的同窗。同时毕业于河南中医学院，同时留校。我在学校任教，他去河南中医学院第一附属医院，从事肝病临床至今。近著《李普肝病治驗心法》已经出版，故奉是诗以賀之。经云："肝者将军之官，谋虑出焉。"

贺李普教授《肝病治验心法》出版

力保将军出虑谋，仁心耿耿术优优。
仰天一笑心无愧，大道岐黄上下求。

李普教授，是我大学的同窗。同时毕业于河南中医学院，同时留校。我在学校任教，他去河南中医学院第一附属医院，从事肝病临床至今。近著《李普肝病治验心法》已经出版，故奉是诗以贺之。

经云：『肝者将军之官，谋虑出焉。』

觀牡丹有感

英雄到处尽風流，倾国名花不限州。
今古人间多妙事，灵凰自有鳳来求。

二千零一十四年三月，在郑州市人民公園賞牡丹。虽没有洛阳牡丹面积大、品种多，但对觀赏来说，亦足够矣。牡丹為貴富之花，不管在何地，同样雍容华贵。

在郑州市碧沙岗公園賞海棠花

甲午年三月

此地年年賞海棠，海棠依旧吐芬芳。
千姿百態迎風笑，游客紛紛摄像忙。

观牡丹有感

英雄到处尽风流，倾国名花不限州。
今古人间多妙事，灵凰自有凤来求。

二〇一四年三月，在郑州市人民公园赏牡丹，虽没有洛阳牡丹面积大、品种多，但对观赏来说，亦足够矣。牡丹为贵富之花，不管在何地，同样雍容华贵。

在郑州市碧沙岗公园赏海棠花甲午年三月

此地年年赏海棠，海棠依旧吐芬芳。
千姿百态迎风笑，游客纷纷摄像忙。

游碧沙岗公園兴怀

松柏森森笼碧沙，枝头禽噪夕阳斜。
当年北伐陣亡者，卧看身边满地花。

碧沙岗公園前身為北伐战争時期馮玉祥将军所属国民革命军第二集团軍阵亡将士陵園。馮玉祥取"碧血丹心，血般黄沙"之意，将陵園命名為"碧沙岗"。一九五六年改造為公園，一九五七年五月正式向游人开放。我是一九五八年来郑州的。時至今日，公園非常美丽。

游碧沙岗公园兴怀

松柏森森笼碧沙，枝头禽噪夕阳斜。
当年北伐阵亡者，卧看身边满地花。

碧沙岗公园前身为北伐战争时期冯玉祥将军所属国民革命军第二集团军阵亡将士陵园。冯玉祥取『碧血丹心，血殷黄沙』之意，将陵园命名为『碧沙岗』。一九五六年改造为公园，一九五七年五月正式向游人开放。我是一九五八年来郑州的。时至今日，公园非常美丽。

观荷（童年期）

紫荆湖畔看荷錢、仙子未来尚寂然。
无限生机藏水底、日新月异大團圓。

二千零一十四年四月二十六日，农历三月二十七日。郑州市紫荆山公园湖内荷叶刚出水面、叶大如錢、既无花、更无莲蓬、荷花仙子也未前来、（每年荷花盛开時、漢白玉雕的荷花仙子、即安排在相应的位置）、也无游人观賞。吾谓为童年時期的荷。

观荷（**童年期**）

紫荆湖畔看荷钱，仙子未来尚寂然。
无限生机藏水底，日新月异大团圆。

二〇一四年四月二十六日，农历三月二十七日，郑州市紫荆山公园湖内荷叶刚出水面，叶大如钱，既无花，更无莲蓬，荷花仙子也未前来（每年荷花盛开时，汉白玉雕的荷花仙子，即安排在相应的位置），也无游人观赏。吾谓为童年时期的荷。

观荷（少年期）

蓮叶田田已满湖，生机勃勃毓灵珠。
初張华盖娇无力，倩影依稀映翠蒲。

二千零一十四年五月二十七日、农历四月二十九日。又去紫荆山公园观荷。此時部分荷叶已有硬梗，高挺水面，但仍未見花。吾谓为少年時期的荷。

观荷（少年期）

莲叶田田已满湖，生机勃勃毓灵珠。
初张华盖娇无力，倩影依稀映翠蒲。

二〇一四年五月二十七日，农历四月二十九日。又去紫荆山公园观荷。此时部分荷叶已有硬梗，高挺水面，但仍未见花，吾谓为少年时期的荷。

观荷（青年期）

不蔓不枝真品端，露珠滚滚走青盘。
亭亭静植清香远，君子高風水国安。

二千零一十四年六月十二日农历五月十五日，又去紫荆山公園观荷。此時荷叶高挺，莲花相继开放，并有少量稚嫩的莲蓬，賞者甚众。吾谓为青年時期的荷。

观荷（青年期）

不蔓不枝真品端，露珠滚滚走青盘。
亭亭静植清香远，君子高风水国安。

二〇一四年六月十二日农历五月十五日，又去紫荆山公园观荷。此时荷叶高挺，莲花相继开放，并有少量稚嫩的莲蓬，赏者甚众。吾谓为青年时期的荷。

观荷（壮年期）

绰异風姿壮岁荷，超尘脱俗濯清波。
随他任意賞和愛，一片水心似鏡磨。

二

独具天然药味良，悦人医疾兩兼長。
此身若可化為汝，一世清凉在水乡。

二千零一四年六月二十一日，农历五月二十四日，又去紫荆山公園观荷。此時花叶皆茂，非常好看，吾谓为壮年時期荷。荷一身皆药，故曰药味良。

观荷（壮年期）

一

绰异风姿壮岁荷，超尘脱俗濯清波。
随他任意赏和爱，一片冰心似镜磨。

二

独具天然药味良，悦人医疾两兼长。
此身若可化为汝，一世清凉在水乡。

二〇一四年六月二十一日，农历五月二十四日，又去紫荆山公园观荷。此时花叶皆茂，非常好看，吾谓为壮年时期荷。荷一身皆药，故曰药味良。

观荷（中年期）

正置炎炎六月中，賞荷特意去开封。
花皆朗朗香轻淡，叶大圓圓影疊重。
客到凝神常駐足，桥通幽处便观容。
悠然岸上一回首，鉄塔巍巍似峻峰。

二千零一十四年六月二十六日、农历六月十一日、去开封鉄塔公園賞荷、正是开封荷花节之际。園内大小湖中皆有荷花，尤其大湖内，非常茂密。為便于游人观賞，架小桥直通湖心。湖中平台，立着大理石雕的荷花仙子。

观荷（中年期）

正置炎炎六月中，赏荷特意去开封。
花皆朗朗香轻淡，叶大圆圆影叠重。
客到凝神常驻足，桥通幽处便观容。
悠然岸上一回首，铁塔巍巍似峻峰。

二〇一四年六月二十六日，农历六月十一日，去开封铁塔公园赏荷，正是开封荷花节之际。园内大小湖中皆有荷花，尤其大湖内，非常茂密。为便于游人观赏，架小桥直通湖心。湖中平台，立着大理石雕的荷花仙子。

观荷（进入老年期）

花稀叶老显衰姿，犹憶青年壮岁時。
大好時光如逝水，一湖烟雨动秋思。

二千零一十四年九月七日，农历八月十四日，我又去紫荆山公園观荷，适逢微雨。根据荷花壮态，吾谓为进入老年期。

观荷（进入老年期）

花稀叶老显衰姿，犹忆青年壮岁时。
大好时光如逝水，一湖烟雨动秋思。

二〇一四年九月七日，农历八月十四日。我又去紫荆山公园观荷，适逢微雨。根据荷花状态，吾谓为进入老年期。

观荷（老年期）

依然仙子美婵娟，露冷月寒叶不圆。
昔日游人何处去，空留潭影有谁怜。

二千零一十四年九月二十五日，农历九月初二，又去紫荆公园观荷。汉白玉雕的荷花仙子依然岸立，貌美如初，但荷已败矣，也不见游人前来，不禁慨然。吾谓为老年期。

观荷（老年期）

依然仙子美婵娟，露冷月寒叶不圆。
昔日游人何处去，空留潭影有谁怜。

二〇一四年九月二十五日，农历九月初二，又去紫荆山公园观荷，汉白玉雕的荷花仙子依然岸立，貌美如初，但荷已败矣，也不见游人前来，不禁慨然。吾谓为老年期。

观荷（老年期）

荷老池塘秋已深，採莲人去杳无音。
难擎雨盖休言败，犹有比干七窍心。

这首诗已在《张磊医馀诗声》出版，为了配套，又移于此。

观荷（暮年期）

滿湖荷叶尽衰残，垂首枯容水气寒。
待到明年春夏日，重来此处倚栏看。

二千零一十四年十一月二十三日农历十月初二，小雪后第二天，于紫荆山公园。

观荷（老年期）

荷老池塘秋已深，采莲人去杳无音。
难擎雨盖休言败，犹有比干七窍心。

这首诗已在《张磊医馀诗声》出版，为了配套又移于此。

观荷（暮年期）

满湖荷叶尽衰残，垂首枯容水气寒。
待到明年春夏日，重来此处倚栏看。

二〇一四年十一月二十三日农历十月初六小雪后第二天，于紫荆山公园。

咏藕

長長白白窍多多，更有絲絲细似罗。
惹得佳人纤手雪，清凉适口气平和。

观荷有感

醒世名篇自有真，至今犹憶爱莲人。
為何經久获佳誉，不染淤泥总洁身。

名篇，指周惇頤的爱蓮說。

咏藕

长长白白窍多多，更有丝丝细似罗。
惹得佳人纤手雪，清凉适口气平和。

观荷有感

醒世名篇自有真，至今犹忆爱莲人。
为何经久获佳誉，不染淤泥总洁身。

名篇指周敦颐的爱莲说。

雨中观荷

细雨纷纷暑气消、青蓮湖内更和调。
浮尘洗去美加净、游客从容过板桥。

甲午年夏（二千零一四年）、去紫荆山公园观荷。此時天降小雨、气候凉爽、正是观荷的好時间。予打着雨伞、在湖畔、亭中、板桥上、倘徉细观、并拍摄了一些些好照片、欣然而归。

雨中观荷

细雨纷纷暑气消，青莲湖内更和调。
浮尘洗去美加净，游客从容过板桥。

甲午年夏（二〇一四年）去紫荆山公园观荷。此时天降小雨气候凉爽，正是观荷的好时间。予打着雨伞，在湖畔、亭中、板桥上，徜徉细观并拍摄了一些好照片，欣然而归。

临湖賞荷 同韵三首

雨后临風賞碧荷，无穷花色映清波。
湖边踱步开心鏡，茂叔文章耐琢磨。

二

蓮蓬挺挺傍圓荷，同是根生出碧波。
缦立桥头遥望处，湖明宛似鏡新磨。

无荷处，仍波平水明。

临湖赏荷 同韵三首

一

雨后临风赏碧荷，无穷花色映清波。
湖边踱步开心镜，茂叔文章耐琢磨。

二

莲蓬挺挺傍圆荷，同是根生出碧波。
缦立桥头遥望处，湖明宛似镜新磨。

无荷处，仍波平水明。

三

最喜湖中六月荷，葉如华盖罩平波。
像机助我生清趣，倩影長留永不磨。

郑州市紫荆山公園，湖内莲花盛开，莲蓬亦很多，非常好看。

荷老仙子去

荷老容颜仙子去，天光月影映池塘。
今朝暂别雲山路，明岁重逢水一方。

仙子，指漢白玉雕的荷花仙子。山，指湖边的小土山。

三

最喜湖中六月荷，叶如华盖罩平波。
相机助我生清趣，倩影长留永不磨。

郑州市紫荆山公园，湖内莲花盛开，莲蓬亦很多，非常好看。

荷老仙子去

荷老容颜仙子去，天光月影映池塘。
今朝暂别云山路，明岁重逢水一方。

仙子，指汉白玉雕的荷花仙子。山，指湖边的小土山。

又見荷花仙子

荷花仙子露芳容、恰在西门再相逢。
幸有随从常作伴、神情依旧显轻松。

因有变故、荷花仙子已隐身两年、今紫荆山公園湖中莲花盛开、但荷花仙子却远在公園西门内立着、身周摆满了盆栽蓮花、非常好看。这可能是園工有意安排、以示園内湖中花放、有引导游人之意。是日予从西门入園、得見漢白玉雕的荷花仙子、随遂口占此句以志之。

又见荷花仙子

荷花仙子露芳容，恰在西门再相逢。
幸有随从长作伴，神情依旧显轻松。

因有变故，荷花仙子已隐身两年，今紫荆山公园湖中莲花盛开，但荷花仙子却远在公园西门内立着，身周摆满了盆栽莲花，非常好看。这可能是园工有意安排，以示院内湖中花放，有引导游人之意。是日予从西门入园，讶见汉白玉雕的荷花仙子，遂口占此句以志之。

观情侣行动

林间陌上小桥头，或止或行情意柔。
今日河洲春倍暖，山盟海誓两心投。

乘坐郑州地铁观光

地铁如同一巨龙，风驰电掣大交通。
五湖四海宾朋至，今日郑州别样红。

郑州地铁一号线已运行半年之久，予今日始同老伴一起乘坐观光，乐哉。時在二千零一十四年五月八日。

观情侣行动

林间陌上小桥头，或止或行情意柔。
今日河洲春倍暖，山盟海誓两心投。

乘坐郑州地铁观光

地铁如同一巨龙，风驰电掣大交通。
五湖四海宾朋至，今日郑州别样红。

郑州地铁一号线已运行半年之久，予今日始同老伴一起乘坐地铁观光，乐哉。

时在二〇一四年五月八日。

母親节即兴

今天又是母親节，唯願百年母尚存。
母：相因傳万代，中华兒女重酬恩。

二千零一十四年、五月十一日，又逢母親节、女儿請母親吃飯、我也沾光、陪同前往、老伴坐首席、我坐次席、其乐融：。

賀李鮮教授《肝胆脾胃中西医診治进展》出版

学貴常新术貴良，立基之本在岐黄。
大医风范人称贊，菩薩心肠救众苍。

母亲节即兴

今天又是母亲节，唯愿百年母尚存。
母母相因传万代，中华儿女重酬恩。

二〇一四年，五月十一日，又逢母亲节，女儿请母亲吃饭，我也沾光，陪同前往，老伴坐首席，我坐次席，其乐融融。

贺李鲜教授《肝胆脾胃中西医诊治进展》出版

学贵长新术贵良，立基之本在岐黄。
大医风范人称赞，菩萨心肠救众苍。

喜迎客人

昨日闻君今日来，庭廊洒扫净尘埃。
杯杯香茗留清韵，绿竹青荷一色栽。

诗人、画家、书法家刘卉娟女士，来我家就诊。她来的前一天已通知我，约定时间。刘女士已经曾给我画过竹子、荷叶、品茗图等等，故此云云。既有现情、又有往意，一同体现。

喜迎客人

昨日闻君今日来，庭廊洒扫净尘埃。
杯杯香茗留清韵，绿竹青荷一色裁。

诗人、画家、书法家刘卉娟女士来我家就诊。她来的前一天已通知我约定时间。刘女士已往曾给我画过竹子、荷叶、品茗图等等，故此云云，既有现情，又有往意，一同体现。

賀友人結婚

鐘鼓乐之榴月天，情人吉日結良缘。
三星在户心同喜，五世其昌瓜瓞綿。

刘丁辉先生、張蕾女士，喜結良缘，故奉诗賀之。友人父親刘学志、夫人母親丁爱芳，皆喜不可支，故亦奉诗一首贺之：

丁母刘翁展笑颜，子迎淑女證书頒。
来年定有含飴乐，一枕清风午梦闲。

證书，指結婚證书。

贺友人结婚

钟鼓乐之榴月天，情人吉日结良缘。
三星在户心同喜，五世其昌瓜瓞绵。

刘丁辉先生，张蕾女士，喜结良缘，故奉诗贺之。友人父亲刘学志，母亲丁爱芳，皆喜不可支，故亦奉诗一首贺之：

丁母刘翁展笑颜，子迎淑女证书颁。
来年定有含饴乐，一枕清风午梦闲。

证书指结婚证书。

闲吟

雲卷雲舒无定踪，花开花落总从容。
心闲似水清平乐，坐看南山巅上松。

看書畫展即兴

大师联袂上高台，陣陣清風扑面来。
如佛如仙皆聖域，无烟无火绝尘埃。

甲午年（二零一四年）五月二十七日，著名草书家侯和平先生和著名山水画家师界弘女士联袂在河南省博物院展出，皆精妙超群。予有幸观赏并会見二位大师。

闲吟

云卷云舒无定踪，花开花落总从容。
心闲似水清平乐，坐看南山岭上松。

看书画展即兴

大师联袂上高台，阵阵清风扑面来。
如佛如仙皆圣域，无烟无火绝尘埃。

甲午年（二〇一四年）五月二十七日，著名草书家侯和平先生和著名山水画家师界弘女士联袂在河南省博物院展出，皆精妙超群。予有幸观赏并会见二位大师。

收徒寄语

岐黄道上漾春风，共说当今時代红。
薪火相傳成一统，何愁学子不衷中。

二

医无止境学无涯，永远持虚勿傲誇。
千里之堤崩一穴，精勤煉石补天瑕。

收徒寄语

一

岐黄道上漾春风，共说当今时代红。
薪火相传成一统，何愁学子不衷中。

二

医无止境学无涯，永远持虚勿傲夸。
千里之堤崩一穴，精勤炼石补天瑕。

魔术师

堪赞精灵魔术师、身怀绝技走天涯。
為何赢得人争看、真假无关只在奇。

涯在此处、读宜、义同。此诗用的是四支韵。

赞送奶员路亚侠女士

如兰亚侠实堪夸、鲜奶凌晨送到家。
飒爽英姿风雪裏、迎来春色遍天涯。

魔术师

堪赞精灵魔术师，身怀绝技走天涯。
为何赢得人争看，真假无关只在奇。

涯在此处读宜，义同。此诗用的是四支韵。

赞送奶员路亚侠女士

如兰亚侠实堪夸，鲜奶凌晨送到家。
飒爽英姿风雪里，迎来春色遍天涯。

贺友人八十寿辰

仲景花开泰岱峰，杏林国手似神龙。
后昆得泽从容乐，百万雄兵运在胸。

二

君在泰山之顶端，居高声远孰能攒。
耋年虽至心犹壮，续写岐黄不挂冠。

张奇文教授，是山东省著名医学家，是中医界的太斗，著作甚丰。

适逢八十岁生日，特奉诗贺之。甲午年于郑州。

贺友人八十寿辰

一

仲景花开泰岱峰，杏林国手似神龙。
后昆得泽从容乐，百万雄兵运在胸。

二

君在泰山山顶端，居高声远孰能攒。
耋年虽至心犹壮，续写岐黄不挂冠。

张奇文教授，是山东省著名医学家，是中医界的泰斗，著作甚丰。适逢八十岁生日，特奉诗贺之。甲午年于郑州。

贺牛德兴教授《临证心得集》出版

青牛今又启征程，紫气东来瑞祥呈。
理验双手心得集，为民蠲疾出奇兵。

时在甲午年夏。

夏日游园

夏日炎炎正绿肥，一湖碧水映晴晖。
虹桥缓过寻幽境，小岛林森任鸟飞。

甲午年夏于郑州市人民公园。

贺牛德兴教授《临证心得集》出版

青牛今又启征程，紫气东来祥瑞呈。
理验双丰心得集，为民蠲疾出奇兵。

时在甲午年夏。

夏日游园

夏日炎炎正绿肥，一湖碧水映晴晖。
虹桥缓过寻幽境，小岛林森任鸟飞。

甲午年夏于郑州市人民公园。

夏游郑州市碧沙岗公園 同韵两首

暑天喜到碧沙岗，万木森森好納凉。
小坐亭台平气息，忽闻远处笛声扬。

二

此身恍若在山岗，暑日虽炎心覺凉。
流水潺潺沿石下，池塘芦苇自清扬。

甲午年初伏第二天，園内景色幽美，非常怡人。

夏游郑州市碧沙岗公园　同韵两首

一

暑天喜到碧沙岗，万木森森好纳凉。
小坐亭台平气息，忽闻远处笛声扬。

二

此身恍若在山岗，暑日虽炎心觉凉。
流水潺潺沿石下，池塘芦苇自清扬。

甲午年初伏第二天，园内景色幽美，非常怡人。

立秋偶成

荏苒光阴又立秋、农夫渐自挂锄钩。
丰收在望勤操理、只待归仓囤满流。

挂锄钩，是我家乡固始县旧時农諺：“立罢秋、挂锄钩。”

意思是说、立秋以后、谷物已經長成，不再用锄了。

甲午年立秋日即二千零一十四年八月七日。

立秋偶成

荏苒光阴又立秋，农夫渐自挂锄钩。
丰收在望勤操理，只待归仓囤满流。

挂锄钩，是我家乡固始县旧时农谚『立罢秋挂锄钩』。意思是说，立秋以后，谷物已经长成，不再用锄了。

甲午年立秋日即二〇一四年八月七日。

贊高空作业者

可敬高空作业人，堪称世上有功臣。
身怀絶技英雄胆，战胜艰辛日創新。

賀侄孙劚楝考取华东理工大学

金榜題名入桂宫，如同春暖万花紅。
長纓在手牢牢握，再缚苍龙壮志雄。

時在二千零一十四年夏。

赞高空作业者

可敬高空作业人，堪称世上有功臣。
身怀绝技英雄胆，战胜艰辛日创新。

贺侄孙则栋考取华东理工大学

金榜题名入桂宫，如同春暖万花红。
长缨在手牢牢握，再缚苍龙壮志雄。

时在二〇一四年夏。

看雲遮月有感

烏雲遮月莫心惊，无損光辉高宇明。
亘古行程終不改，此身只是有亏盈。

貪官下场。

貪官落馬悔糊塗，罪孽多端应得诛。
昨日扬威炫闹市，今朝阶下变囚徒。

看云遮月有感

乌云遮月莫心惊，无损光辉高宇明。
亘古行程终不改，此身只是有亏盈。

贪官下场

贪官落马悔糊涂，罪孽多端应得诛。
昨日扬威炫闹市，今朝阶下变囚徒。

賀《固始当代诗词选》出版

驕阳高宇永明煇，駿馬扬蹄一路飞。
史水絃音千古韵，安山翠映蓼花肥。

二千零一十四年八月十七日。

中秋

中秋憾遇霧雲天，不見嫦娥舞袖翩。
庭院桂花香沁我，悠然曲奏月兒圓。

花好月圓，是一首名歌，中秋夜虽不見月，我用二胡演奏此曲，如同見月。

贺《固始当代诗词选》出版

骄阳高宇永明辉，骏马扬蹄一路飞。
史水弦音千古韵，安山翠映蓼花肥。

二〇一四年八月十七日。

中秋

中秋憾遇雾云天，不见嫦娥舞袖翩。
庭院桂花香沁我，悠然曲奏月儿圆。

『花好月圆』是一首名歌，中秋虽不见月，我用二胡演奏此曲，如同见月。

贊剑麻花

剑麻花穗似銀鏢，直指苍穹甚伟奇。
叶鋭如鋒全出鞘，大風唱后更揚眉。

秋日偶成

逢秋何必易生悲，大好時光莫相违。
谷物归仓歌大有，橘黄橙緑蟹初肥。

赞剑麻花

剑麻花穗似银锥，直指苍穹甚伟奇。
叶锐如锋全出鞘，大风唱后更扬眉。

秋日偶成

逢秋何必易生悲，大好时光莫相违。
谷物归仓歌大有，橘黄橙绿蟹初肥。

秋雨

連绵秋雨气寒凉，虽未降霜如降霜。
陋室炉紅温菊酒，老妻体弱着棉装。
难闻枝上蝉声噪，不見空中鳥影翔。
任尔阴晴風雪夜[日]，愚翁依旧自闲忙。

甲午年秋，连續降雨九日，气温驟降。

秋雨

连绵秋雨气寒凉，虽未降霜如降霜。
陋室炉红温菊酒，老妻体弱着棉装。
难闻枝上蝉声噪，不见空中鸟影翔。
任尔阴晴风雪日，愚翁依旧自闲忙。

甲午年秋，连续降雨九日，气温骤降。

老槐树 同韵八首

老槐雨后净容颜，两耋华年非等闲。
坚挺身躯缘命壮，丰盈果实压枝弯。
游人驻足情思系，诗社为名造化关。
是否王家遗此宝，至今厚德荫尘寰。

诗社：二千零五年五月，诗人郑志刚携众诗友，在郑州市人民公园南门内老槐树下结诗社，美其名曰"老槐诗社"。据该园挂牌介绍，老槐树至今已一百六十岁。时在甲午秋，雨后第二日。

老槐树 同韵八首

一

老槐雨后净容颜，两耋华年非等闲。
坚挺身躯缘命壮，丰盈果实压枝弯。
游人驻足情思系，诗社为名造化关。
是否王家遗此宝，至今厚德荫尘寰。

诗社：二〇〇五年五月，诗人郑志刚携诗友，在郑州市人民公园南门内老槐树下结诗社。美其名曰：『老槐诗社』。据该园挂牌介绍，老槐树至今已一百六十岁。时在甲午秋，雨后第二日。

二

敢与新生同展颜，年轮滚滚不停闲。

飞霞映透花深处，静夜迎来月一弯。

能我平心居佛境，任他离客唱阳关。

老身总是从容定，風雨阴晴笑对寰。

二

敢与新生同展颜，年轮滚滚不停闲。
飞霞映透花深处，静夜迎来月一弯。
能我平心居佛境，任他离客唱阳关。
老身总是从容定，风雨阴晴笑对寰。

三

常沐阳光带笑颜，身居乐土享安闲。
大愚大拙生来性，如佛如仙腰不弯。
多少英雄成过客，浮沉世事迈重关。
能留清气存千古，胜出貂裘与照寰。

三

常沐阳光带笑颜，身居乐土享安闲。
大愚大拙生来性，如佛如仙腰不弯。
多少英雄成过客，浮沉世事迈重关。
能留清气存千古，胜出昭寰与照寰。

四

暑往寒来已老颜、時临冬月更幽闲。
无言默默能甘寂、静立巍巍不转弯。
皮厚雪霜皆耐得、根深水旱又何关。
諸君施惠恩情重、免受伤残久立寰。

四

暑往寒来已老颜，时临冬月更幽闲。
无言默默能甘寂，静立巍巍不转弯。
皮厚雪霜皆耐得，根深水旱又何关。
诸君施惠恩情重，免受伤残久立寰。

五

春归旧貌换新颜，又复龙光岂久闲。
蜂蝶时来迎日暖，雾云散去露眉弯。
未行险恶崎岖路，已度艰难寿域关。
敢写长篇留史迹，仰天一笑尚存寰。

五

春归旧貌换新颜，又复龙光岂久闲。
蜂蝶时来迎日暖，雾云散去露眉弯。
未行险恶崎岖路，已度艰难寿域关。
敢写长篇留史迹，仰天一笑尚存寰。

六

沃露披霞总悦颜、几番淡定几番闲。
身旁細細絃歌起、门外遥遥道路弯。
西苑花间飞蝶舞、東湖水上泛鳩关。
春来春去忙来去、又見炊烟绕夕寰。

老槐树大门前是条条道路、树后有很多业余演唱者、东边是一个大湖、湖内养有很多水禽、不時鳴叫、树周围皆是花草。

总之、周围环境甚好、也是老槐树得天独厚之地。

六

沃露披霞总悦颜，几番淡定几番闲。
身旁细细弦歌起，门外遥遥道路弯。
西苑花间飞蝶舞，东湖水上泛鸠关。
春来春去忙来去，又见炊烟绕夕寰。

老槐树大门前是条条道路，树后有很多业余演唱者，东边是一个大湖，湖内有很多水禽，不时鸣叫，树周围皆是花草。总之，周围环境甚好，也是老槐树得天独厚之地。

七

園内树王无赧顔，春來春往有忙闲。
狂風吹面面仍旧，大雪压身身不弯。
世事浮沉如曉梦，沧桑变幻似通关。
仰天试问老仙客，可否同余共立寰。

七

园内树王无赧颜，春来春往有忙闲。
狂风吹面面仍旧，大雪压身身不弯，
世事浮沉如晓梦，沧桑变幻似通关。
仰天试问飞仙客，可否同余共立寰。

八

日：迎宾带笑颜，清和天氣一時閑。

鳥聲高奏多情曲，月影空明無蹙弯。

磊落平生全性定，綿延長寿众心关。

奇功更有非凡事，花实疗疴福世寰。

八

日日迎宾带笑颜，清和天气一时闲。
鸟声高奏多情曲，月影空明无憋弯。
磊落平生全性定，绵延长寿众心关。
奇功更有非凡事，花实疗疴福世寰。

再咏老槐树

枝繁叶茂集昏鸦，虽是老龄壮不差。
風雪飽嘗誰解得，滿天星斗滿天霞。

又

翁虽拄杖尚康强，雨耋华年羡寿長。
枝叶繁荣如少壮，不言人世几沧桑。

為防老樹塌陸，用水泥柱子及長鋼管支撐。但枝叶非常繁茂，与年轻之树的花叶无异，让人嘆為观止。

再咏老槐树

枝繁叶茂集昏鸦，虽是老龄壮不差。
风雪饱尝谁解得，满天星斗满天霞。

又

翁虽拄杖尚康强，两耋华年羡寿长。
枝叶繁荣如少壮，不言人世几沧桑。

为防老桠塌坠，用水泥柱子及长钢管支撑。但枝叶非常繁茂，与年轻之树的花叶无异，让人叹为观止。

参加河南中医学院医七九级三十年联谊会即兴

岐黄花放满神州，万紫千红景色幽。
当代大师连续出，今朝人物更風流。

二〇一四年十月一日于河南中医学院新校区。

賀友人仁义堂开诊

仁义為先医术端，消除疾患众人欢。
杏林春满乾坤大，風景这边更好看。

友人刘本化是位老中医，理驗俱丰。現在河南太康行医。

参加河南中医学院医七九级三十年联谊会即兴

岐黄花放满神州，万紫千红景色幽。
当代大师连续出，今朝人物更风流。

二〇一四年十月一日于河南中医学院新校区。

贺友人仁义堂开诊

仁义为先医术端，消除疾患众人欢。
杏林春满乾坤大，风景这边更好看。

友人刘本化是位老中医，理验俱丰。现在河南太康行医。

咏菊

菊花秋日自芬芳，隐逸东籬水一方。
雁字行行空掠影，清香默默沁寒霜。

中国开封第三十二届菊花文化节开幕第二天，前往賞菊。時在二〇一四年十月十九日，农历九月二十六日。

咏瘦菊

当年清照最知音，瘦倚西風直到今。
籬畔形癯甘淡泊，朝来暮去已秋深。

咏菊

菊花秋日自芬芳，隐逸东篱水一方。
雁字行行空掠影，清香默默沁寒霜。

中国开封第三十三界菊花文化节开幕第二天，前往赏菊，时在二〇一四年十月十九日，农历九月二十六日。

咏瘦菊

当年清照最知音，瘦倚西风直到今。
篱畔形癯甘淡泊，朝来暮去已秋深。

贈趙如先生

趙姓人中又一强，文商並茂兩相彰。
泰山高頂覌天下，百万雄兵胸内藏。

趙如先生，予之好友也，心善志高，气正品端，善鑒賞，喜收藏，所经商业，規模宏大，所写書法，溶古鑄今，自成一家，已获国家三次大奨。激流勇进，乘风破浪，对社会，对国家，貢献很大。現已是中国书法家协会会员。

赠赵如先生

赵姓人中又一强，文商并茂两相彰。
泰山高顶观天下，百万雄兵胸内藏。

赵如先生，予之好友也，心善志高，气正品端，善鉴赏，喜收藏，所经商业规模宏大，所写书法，溶古铸今，自成一家，已获国家三次大奖。激流勇进，乘风破浪，对社会，对国家，贡献很大。现已是中国书法家协会会员。

欢迎客人

張君駕自远方来，倒屣相迎大快哉。
滿腹經綸称巨擘，長沙门第一英才。

張效科、博士、教授、主任医师，从陕西中医学院来河南中医学院第三附属医院参加学术活动，我在会上作学术讲座。会后，来我家聚首，亦系初次相会，非常高兴，聊凑俚句書赠以作志念云尔。

時在二千零一十四年十一月二十七日。

欢迎客人

张君驾自远方来，倒屣相迎大快哉。
满腹经纶称巨擘，长沙门第一英才。

张效科，博士、教授，主任医师，从陕西中医学院来河南中医学院第三附属医院参加学术活动，我在会上作学术讲座。会后来我家聚首，亦系初次相会，非常高兴，聊凑俚句书赠，以作志念云尔。

时在二〇一四年十一月二十七日。

十五阴天不見月

一年几見圓明月、独飲难邀空举杯。
疑是嫦娥慵望眼、故垂雲幔自悠哉。

又見新月

今晨喜見月弯弯、巧笑倩兮娥女欢。
可恨多逢雲雨夜、佳期误过枉弹冠。

二千零一十四年十二月十九日、农历十月二十八日凌晨。因为新月均在此時东升，往往适逢阴雨天，难觀芳容。

十五阴天不见月

一年几见圆明月，独饮难邀空举杯。
疑是嫦娥慵望眼，故垂云幔自悠哉。

又见新月

今晨喜见月弯弯，巧笑倩兮娥女欢。
可恨多逢云雨夜，佳期误过枉弹冠。

二〇一四年十二月十九日，农历十月二十八日凌晨。因为新月均在此时东升，往往适逢阴雨天，难睹芳容。

賀国家南水北调正式通水

長江決向北方流，水调工程有远谋。
隧透黄河如貫矢，渠开碧野似奔牛。
人民欢喜飲甘露，谷物丰登润涸邱。
从此京津煩渴解，利兼豫冀享其优。

国家南水北调工程，经过十二年多的努力，于二千零一十四年十二月二十七日正式通水到北京、天津。河南、河北兩省亦受其益。尤其北京、天津渴望已久，有效解决了缺水问题。

贺国家南水北调正式通水

长江决向北方流，水调工程有远谋。
隧透黄河如贯矢，渠开碧野似奔牛。
人民欢喜饮甘露，谷物丰登润涸邱。
从此京津烦渴解，利兼豫冀享其优。

国家南水北调工程，经过十二多年的努力，于二〇一四年十二月二十七日正式通水到北京、天津。河南、河北两省亦受其益。尤其北京、天津渴望已久，有效解决了缺水问题。

月当头

故乡今夜月当头，美酒佳肴一醉（始）休。
此刻平身无照影，一年一遇太难求。

我的故乡固始县，每年农历十一月十五日夜，名为“月当头”，这是当地的历来民俗，虽不是大的节日，但家家晚上都具酒菜，欢庆此夜。所谓难求，一是一年只此一次，二是此夜不一定都是晴天。

月当头

故乡今夜月当头，美酒佳肴醉始休。
此刻平身无照影，一年一遇太难求。

我的故乡固始县每年农历十一月十五日夜，名为『月当头』，这是当地的历来民俗，虽不是大的节日，但家家晚上都具酒菜，欢庆此夜。所谓难求，一是一年只此一次，二是此夜不一定都是晴天。

欢度除夕

日月如流又一年，一元复始转坤乾。
老妻老手为炊餅，童子童欢压岁钱。
腊酒香淳依旧样，銀屏节目总新鲜。
通明灯火团圆夜，听罢鐘声仍不眠。

二千零一十五年二月十八日，农历甲午年除夕，次日即乙未年正月初一。旧历年是我国传统节日，人们非常重视，也非常热闹，外出之人，不管千里、万里，大都忙：返家，全家团聚。

欢度除夕

日月如流又一年，一元复始转坤乾。
老妻老手为炊饼，童子童欢压岁钱。
腊酒香醇依旧样，银屏节目总新鲜。
通明灯火团圆夜，听罢钟声仍不眠。

二〇一五年二月十八日，农历甲午年除夕，次日即乙未年正月初一。旧历年是我国传统节日，人们非常重视，也非常热闹，外出之人，不管千里万里，大都忙忙返家，全家团聚。

八十六岁抒怀

弹指光阴八六春，滿頭银发尚精神。
诗书每读生佳兴，儿女常来慰老身。
审病求因灵不昧，遣方用药稳而新。
荆妻伴我恩情重，日日临厨任苦辛。

我生于己巳年，今年是乙未年，已进入八十六周岁。
老妻是戊辰年人，大我一岁，白头偕老，仍入厨三夕為炊，乃我之幸福也。

八十六岁抒怀

弹指光阴八六春，满头银发尚精神。
诗书每读生佳兴，儿女常来慰老身。
审病求因灵不昧，遣方用药稳而新。
荆妻伴我恩情重，日日临厨任苦辛。

我生于己巳年，今年是乙未年，已进入八十六周岁。老妻是戊辰年人，大我一岁，白头偕老，仍入厨三餐为炊，乃我之幸福也。

读汪治洪先生《巨轮远航》有感

文海茫茫驾巨轮，远航万里不辞辛。
惊涛骇浪皆无畏，卓尔擎天立地人。

此是汪治洪先生用诗的形式，歌颂中国共产党的丰功伟绩，主要是党的"十八大"。发表在《新文学》九杂志特刊，题名为《巨轮远航》。汪先生是我的同乡，河南固始人，现供职于新文学杂志社。

读汪治洪先生《巨轮远航》有感

文海茫茫驾巨轮，远航万里不辞辛。
惊涛骇浪皆无畏，卓尔擎天立地人。

此是汪治洪先生用诗的形式，歌颂中国共产党的丰功伟绩，主要是党的『十八大』。发表在《新文学》杂志特刊，题名为《巨轮远航》，汪先生是我的同乡，河南固始人，现供职于新文学杂志社。

临别

負笈远游去郑州，岐黄道上度春秋。
他年学满归来日，到处辉煌到处楼。

这是我一九五八年考入河南中医学院，临别固始县黎集乡卫生院時写的。当時正是大跃进年代。那時准备到毕业后回固始的，岂料毕业后留校任教。現回忆起这首诗，故录于此。从诗中可見当時的情况。

临别

负笈远游去郑州，岐黄道上度春秋。
他年学满归来日，到处辉煌到处楼。

这是我一九五八年考入河南中医学院，临别固始县黎集乡卫生院时写的。当时正是大跃进年代，那时准备到毕业后回固始县的，岂料毕业后留校任教。现回忆起这首诗，故录于此。从诗中可见当时的情况。

为二胡大师钱兆王女士著《二胡五行篇》题句贺之

五行深处更多奇，心有灵犀钱大师。
胡曲声声连脏腑，悦人却疾胜盧医。

钱大师著此篇，是按金、木、水、火、土五行的内容，选出与之相应的二胡曲子，演奏此曲，既可欣赏，又可治病，这是作者的目的。

我对二胡只是爱好，充其量只能说是初入门的小学生。此是贺言，很不到位。盧医，即扁鹊。

为二胡大师钱兆玉女士著《二胡五行篇》题句贺之

五行深处更多奇，心有灵犀钱大师。
胡曲声声连脏腑，悦人却疾胜卢医。

钱大师著此篇，是按金木水火土五行的内容，选出与之相应的二胡曲子，演奏此曲，既可欣赏，又可治病，这是作者的目的。我对二胡只是爱好，充其量只能说是初入门的小学生。此是贺言，很不到位。卢医即扁鹊。

暑夕热练

暑夕虽風气不凉，炎炎宛似一鍋汤。
新闻看罢園中去，汗透衣裳益健康。

感冒戏作

防护欠周着了凉，咳声阵阵涕流長。
老妻不幸遭连累，同病相怜卧一床。

暑夕热练

暑夕虽风气不凉，炎炎宛似一锅汤。
新闻看罢园中去，汗透衣裳益健康。

感冒戏作

防护欠周着了凉，咳声阵阵涕流长。
老妻不幸遭连累，同病相怜卧一床。

冬日游園观湖

湖如明鏡趁天晴，數艘游船緩緩行。綠竹堤边深浅影，白鵝水上兩三声。長桥不避冬風冷，小島从无波浪惊。回首悠然遥望去，滿園景色更怡情。

二千零一十五年一月十日，农历甲午年十一月二十日于鄭州市人民公園湖边观景即兴。此時虽是冬季，但湖内湖外，仍有很多景观。小島是湖心島，以桥相通，非常美丽，常有絃歌之声。

冬日游园观湖

湖如明镜趁天晴，数艘游船缓缓行。
绿竹堤边深浅影，白鹅水上两三声。
长桥不避冬风冷，小岛从无波浪惊。
回首悠然遥望去，满园景色更怡情。

二〇一五年一月十八日，农历甲午年十一月二十八日于郑州市人民公园湖边观景即兴，此时虽是冬季，但湖内湖外仍有很多景观，小岛是湖心岛，以桥相通，非常美丽，常有絃歌之声。

冬游金水河堤

金水河堤冬日游，虽无蜂蝶亦風流。
苍松翠柏美如画，树树梅花香气柔。

郑州市金水河堤，是远近闻名的河堤公园，非常美丽，是人们休闲散步的好地方，我常来此游赏，虽临冬季，景观仍多。

冬游金水河堤

金水河堤冬日游，虽无蜂蝶亦风流。
苍松翠柏美如画，树树梅花香气柔。

郑州金水河堤，是远近闻名的河堤公园，非常美丽，是人们休闲散步的好地方，我常来此游赏，虽临冬季，景观仍多。

冬日覌竹

岁寒君子見真心，何畏風霜雪雨侵。
遥望南天雲淡淡，常迎北斗夜沉沉。
琴音豈碍清音韵，月影能供翠影深。
不洒相思千滴泪，松梅好友敬胸襟。

賀友人季草午和夫人吴维芝八十寿長

草正芳時芝正香，双双携手笑华堂。
仙童捧出蟠桃酒，海屋添筹庆寿長。

冬日观竹

岁寒君子见真心，何畏风霜雪雨侵。
遥望南天云淡淡，常迎北斗夜沉沉。
琴音岂碍清音韵，月影能供翠影深。
不洒相思千滴泪，松梅好友敞胸襟。

贺友人季草午和夫人吴维兰八十寿辰

草正芳时兰正香，双双携手笑华堂。
仙童捧出蟠桃酒，海屋添筹庆寿长。

冬至日閒吟

冬至阳生天漸長，仍然阴盛气寒凉。
坚冰厚结魚潜底，大雪鋪陈地換装。
面对红炉忙煮酒，客来白屋细评章。
相传保耳北方俗，此日家家餃子香。

白屋，指平民。保耳，是河南北方的民俗，此日家家吃餃子，否則会冻掉耳朵。

冬至日闲吟

冬至阳生天渐长，仍然阴盛气寒凉。
坚冰厚结鱼潜底，大雪铺陈地换装。
面对红炉忙煮酒，客来白屋细评章。
相传保耳北方俗，此日家家饺子香。

白屋，指平民。保耳，是河南北方的民俗，此日家家吃饺子，否则会冻掉耳朵。

为后生金晨曦考取大学祝贺

春光燦爛正晨曦，万紫千紅分外奇。
金榜題名酬夙願，前程似錦任奔馳。

觀月季花即兴

月季花開美似仙，臨風搖曳舞翩翩。
此間若有一壺酒，飲得酩酊忘老年。

为后生金晨曦考取大学祝贺

春光灿烂正晨曦，万紫千红分外奇。
金榜题名酬夙愿，前程似锦任奔驰。

观月季花即兴

月季花开美似仙，临风摇曳舞翩翩。
此间若有一壶酒，饮得酩酊忘老年。

怀念著名画家郝石林先生

郝翁仙逝已多年，每忆蝸斋泪潸然。
桃子盈篮鹰立石，長青艺术永春天。

郝石林先生号拙翁，一九一六年生于山东省莘县，毕业于国立美术学院国画系。解放前曾辅导冯玉祥将军学习中国画。生前是郑州轻工業学院工艺美术系教研室主任，是当代我国的著名画家。我与郝先生交往已十多年，常去其蝸斋（斋号）交谈，非常投缘，给我画的桃子、雄鹰，依旧挂在墙上，見画思人，不禁怆然。

怀念著名画家郝石林先生

郝翁仙逝已多年，每忆蜗斋泪潸然。
桃子盈篮鹰立石，长青艺术永春天。

郝石林先生号拙翁，一九一六年生于山东省莘县，毕业于国立美术学院国画系。解放前曾辅导冯玉祥将军学习中国画。生前是郑州轻工业学院工艺美术系教研室主任，是当代我国著名画家。我与郝先生交往已十多年，常去其蜗斋（斋号）交谈，非常投缘，给我画的桃子、雄鹰依旧挂在墙上，见画思人，不禁怆然。

赞天一湖

堪喜校園有大湖，命名之义本河图。
莘莘学子堤边读，貴得波心一点珠。

河南中医学院新校区占地一千三百多亩，校园内有一大湖近三十亩，波光潋滟，非常美丽，既是观賞的胜景，又是学生休闲读书的好地方，如诗如画。学院郑玉玲院长，把湖命名为"天一"，取河图"天一生水，地六成之"之意，非常有内涵。

赞天一湖

堪喜校园有大湖，命名之义本河图。
莘莘学子堤边读，贵得波心一点珠。

河南中医学院新校区占地一千三百多亩，校园内有一大湖近三十亩，波光潋滟，非常美丽，既是观赏的胜景，又是学生休闲读书的好地方，如诗如画。学院郑玉玲院长把湖命名为『天一』。取河图『天一生水，地六成之』之意，非常有内涵。

天一湖畔观荷

信步环观天一湖，红荷碧水泛鹈鹕。
绕堤绿柳斜阳里，疑是此身入画图。

读内经有感

内经医理太高坚，日月行天照大千。
但愿吾人毋忘本，菩提树下久成仙。

天一湖畔观荷

信步环观天一湖，红荷碧水泛鹈鹕。
绕堤缘柳斜阳里，疑是此身入画图。

读内经有感

内经医理太高坚，日月行天照大千。
但愿吾人毋忘本，菩提树下久成仙。

赞青年书法家高健女士

自古英雄出少年，少年高健已超然。
更多勤奋加天赋，且喜笼鹅到现前。

高健女士，年方二十四岁，是书法家赵如先生的亲戚，天资聪颖，肯下苦功，书法很好，尤其是甲骨文写得很有特色。据说，不久可拿到国家级书法会员证书，前途无量。

赞青年书法家高健女士

自古英雄出少年，少年高健已超然。
更多勤奋加天赋，且喜笼鹅到砚前。

高健女士年方二十四岁，是书法家赵如先生的亲戚，天资聪颖，肯下苦功，书法很好，尤其是甲骨文写得很有特色，不久可拿到国家级书法会员证书，前途无量。

赞地上水书者

地為宣纸水为墨，各展風姿各有奇。
椽筆挥飞天路闊，如同仙者下高棋。

郑州市各公园内有许多人，在水泥路上水书，写的很好，很有工夫。有一次偶而見到一位水书者，双手同時书写同一内容，写出一正一反，非常自然流暢，我与他短時攀谈，甚赞其有非凡的大脑和工夫。

赞地上水书者

地为宣纸水为墨，各展风姿各有奇。
椽笔挥飞天路阔，如同仙者下高棋。

郑州市各公园内有许多人在水泥路上水书，写的很好，很有工夫。有一次偶尔见到一位水书者，双手同时书写同一内容，写出一正一反，非常自然流畅。我与他短时攀谈，甚赞其有非凡的大脑和工夫。

賀许敬生教授成功举办诗歌朗诵会

许君学识冠神州，共仰高風慕九立。
白玉无瑕涵古韵，修篁有节誉千秋。

二

喜看桃李满天下，绛帐高悬真谛传。
紅杏枝头新叶绿，笔耕不辍著名篇。

许教授今年七十高龄，是全国著名的文学大师，其夫人李新叶老师文学造诣也很深，是许教授的得力助手。此次举办的诗歌朗诵诗词，是许教授

贺许敬生教授成功举办诗歌朗诵会

一

许君学识冠神州，共仰高风慕九丘。
白玉无瑕涵古韵，修篁有节誉千秋。

二

喜看桃李满天下，绛帐高悬真谛传。
红杏枝头新叶绿，笔耕不辍著名篇。

许教授今年七十高龄，是全国著名的文学大师，其夫人李新叶老师造诣也很深，是许教授的得力助手。此次举办的诗歌朗诵诗词，是许教授

近期出版的《啟生杏林诗文选》的部分内容。许教授長期在河南中医学院从事医古文教学，桃李满天下，著作甚丰，影响深远，对中医也很有研究。我有幸参加此会，受益匪浅，感触良多，正值许教授七十寿诞之际，非常高兴，故奉俚句，以表賀忱。

二千零一十五年春。

近期出版的《敬生杏林诗文选》的部分内容。许教授长期在河南中医学院从事医古文教学，桃李满天下，著作甚丰，影响深远，对中医也很有研究。我有幸参加此会，受益匪浅，感触良多，正值许教授七十寿诞之际，非常高兴，故奉俚句，以表贺忱。

二〇一五年春。

春节游園所見

高掛紅灯点缀新，平安富貴自由人。
或行或语皆随意，到此方知物外身。

郑州市经纬广场（小公園）离我家最近，乙未年正月初四日晚飯后去此处散步。園内大紅灯笼高掛，上写"富貴"、"平安"、"自由"等内容，非常醒目。園内不少游人，逍遥自在。

春节游园所见

高挂红灯点缀新，平安富贵自由人。
或行或语皆随意，到此方知物外身。

郑州市经纬广场（小公园）离我家很近，乙未年正月初四日晚饭后去此处散步。园内大红灯笼高挂，上写『富贵』『平安』『自由』等等内容，非常醒目。园内不少游人，逍遥自在。

春消息

迎春花似一堆金，绿柳芽胚枝上妊。
畦内牡丹将欲叶，如同火炬照園林。

乙未正月初五日，虽是春月，天气尚寒，但毕竟是早春，草木开始萌动。此来主要为了捕捉春消息，因为公園花木甚多，便于嗅到这一点。園内有很多越冬牡丹，此時株株枝头，叶将抽出，凝聚成团，色深红，状如小火炬，煞是好看。

春消息

迎春花似一堆金，绿柳芽胚枝上妊。
畦内牡丹将欲叶，如同火炬照园林。

乙未年正月初五日，虽是春月，天气尚寒，但毕竟是早春，草木开始萌动。此来主要是为了捕捉春消息，因为公园花木甚多，便于嗅到这一点。园内有很多越冬牡丹，此时株株枝头，叶将抽出，凝聚成团，色深红，状如小火炬，煞是好看。

贺后生出国留学

吕氏门庭一树花，光前裕后耀中华。
他年国外归来日，环境工程科学家。

乡友吕学斌的儿子蒽萌二十四岁，毕业于南昌大学环境工程专业双学位，又去美国学习环境工程。对此，我非常高兴，特奉诗贺之。

贺后生出国留学

吕氏门庭一树花，光前裕后耀中华。
他年国外归来日，环境工程科学家。

乡友吕学斌的儿子葱萌二十四岁，毕业于南昌大学环境工程专业双学位，又去美国学习环境工程。对此，我非常高兴，特奉诗贺之。

咏蝴蝶兰

敢与杨妃斗丽姿，年年含笑艳春时。
无缘昔日庄周梦，郁郁清香凝翠枝。

今岁春节，有两位学生各送我一盆蝴蝶兰，甚喜。蝴蝶兰花艳叶肥，非常美丽，故云敢与杨贵妃比美。

時在二千零一十五年二月二十七日。

咏蝴蝶兰

敢与杨妃斗丽姿，年年含笑艳春时。
无缘昔日庄周梦，郁郁清香凝翠枝。

今岁春节，有两位学生各送我一盆蝴蝶兰，甚喜。蝴蝶兰花艳叶肥，非常美丽，故云敢与杨贵妃比美。

时在二〇一五年二月二十七日。

自勉

医之活力在临床，理验双丰方谓良。
学海无涯知不足、平心静气做文章。

三八游园

依依堤上柳初黄、洁洁玉兰花正芳。
此日欣逢三八节、中华巾帼古今强。

時在二千零一十五年三月八日，农历正月十八日于鄭州市人民公園。

自勉

医之活力在临床，理验双丰方谓良。
学海无涯知不足，平心静气做文章。

三八游园

依依堤上柳初黄，洁洁玉兰花正芳。
此日欣逢三八节，中华巾帼古今强。

时在二〇一五年三月八日，农历正月十八日于郑州市人民公园。

赠同道

退政归来心更平，重操医技有深情。春回大地风光好，红杏满山照眼明。

祖昌教授、主任医师，从省卫生厅厅长职位退休后，即到河南中医学院第三附属医院坐诊，重任医教，造福人类。二千零一十五年春。

赠同道

退政归来心更平，重操医技有深情。
春回大地风光好，红杏满山照眼明。

祖昌教授，主任医师，从省卫生厅厅长职位退休后，即到河南中医学院第三附属医院坐诊，重任医教，造福人类。

二〇一五年春。

老友重逢

老友重逢倍感親，昔年上海共求新。而今皆已头如雪，但願心花岁岁春。

老友史子彬系河南医学院原党委書记。一九八四年，我们共同在中华人民共和国卫生部在上海第一医学院办的卫生管理科学講习班，学习一学期。回来后各有生涯，未曾谋面。三十年后的今天重相见，甚是高兴，他年已九十，我亦八十六岁，年虽已老，但尚精神，难得难得。

老友重逢

老友重逢倍感亲，昔年上海共求新。
而今皆已头如雪，但愿心花岁岁春。

老友史子彬系河南医学院原党委书记。一九八四年我们共同在中华人民共和国卫生部在上海第一医学院办的卫生管理讲习班，学习一学期。回来后各有生涯，未曾谋面。三十年后的今天重相见，甚是高兴，他年已九十，我亦八十六岁，年虽已老，但尚精神，难得难得。

賀王立忠教授喜收高徒

山前总是杏花红，桃李成蹊含笑中。
更喜年年皆有异，盈盈硕果乐无穷。

二

花开富贵在王家，煦煦春风泛晓霞。
仲景像前盟誓愿，发扬光大耀中华。

王立忠教授，系国家级名老中医，医德高尚，学验俱丰，今又喜收高徒。其高徒田秋成善书画，在张仲景像两旁各挂一幅字和牡丹，是赠给立忠教授的。

贺王立忠教授喜收高徒

一

山前总是杏花红，桃李成蹊含笑中。
更喜年年皆有异，盈盈硕果乐无穷。

二

花开富贵在王家，煦煦春风泛晓霞。
仲景像前盟誓愿，发扬光大耀中华。

王立忠教授系国家级名老中医，医德高尚，学验俱丰，今又喜收高徒。其高徒田秋成善书画，在仲景像两旁各挂一幅字和牡丹，是赠给王立忠教授的。

无题

细雨纷纷天涤垢，狂风阵阵浪生花。
自然规律多佳趣，笑对尘寰闲煮茶。

无题

细雨纷纷天涤垢，狂风阵阵浪花生。
自然规律多佳趣，笑对尘寰闲煮茶。

答友人 步贈诗原韵

识韓之后永追寻，博古通今济世人。
忙我欢呼宾入座，迎君幸免凤留门。
心怀山水寛胸野，歌頌农村敞带襟。
唯願西窗同剪烛，杯杯老酒举頻頻。

河南項城王叟庵先生，从事文化文物工作四十余年。現为中华诗词学会会員，河南省书法家协会会員，河南省博物館学会会員，学养甚高，久仰大名，无缘谋面。

答友人步赠诗原韵

识韩之后永追寻，博古通今济世人。
忙我欢呼宾入座，迎君幸免凤留门。
心怀山水宽胸野，歌颂农村敞带襟。
唯愿西窗共剪烛，杯杯老酒举频频。

河南项城王叟庵先生从事文化文物工作四十余年。现为中华诗词学会会员、河南省书法家协会会员、河南省博物馆学会会员，学养甚高，久仰大名，无缘谋面。

忽于乙未年正月同医界张勋忠先生、乔厚志先生、一起来我家，喜出望外，赠我一本《叟庵诗词墨迹选》，内容非常丰富。

王先生回项城不久，寄来大作一首，予甚感之。

附叟庵先生诗

一代宗师何处寻，三生石畔拜仙人。
抛砖引就田黄玉，向道敲开李杜门。
蝴蝶并天飞白絮，觥觞绿蚁醉青襟。
亮节高风人景仰，耄耋孰能济世频。

忽于乙未年正月同医界张勋忠先生、乔厚志先生一起来我家，喜出望外，赠我一本《叟庵诗词墨迹选》，内容非常丰富。王先生回项城不久，寄来大作，予甚感之。

附叟庵先生诗

一代宗师何处寻，三生石畔拜仙人。
抛砖引就田黄玉，问道敲开李杜门。
蝴蝶兰天飞白絮，觥觞绿蚁醉青襟。
亮节高风人景仰，耄耋孰能济世频。

覌郁金香有感

郁金香少莱花多，却令游人費琢磨。
宛似歌星陪舞队，满堂辉映不为过。

郑州市人民公園，多年来辟出专園，培育郁金香。今又往覌之，与往年大不相同。往年是大面积都是郁金香，今年则大面积是油莱花和蓝色的草花，郁金香是少数。这样点缀，也很好看。但却令人思索。抑是为了降低成本，还是多花相伴，增加色彩？時在二千零一十五年四月五日。

观郁金香有感

郁金香少菜花多，却令游人费琢磨。
宛似歌星陪舞队，满堂辉映不为过。

郑州市人民公园多年来辟出专园，培育郁金香。今又往观之，与往年大不相同。往年是大面积都是郁金香，今年则大面积是油菜花和蓝色的草花，郁金香是少数。这样点缀也很好看。但却令人思索。抑是为了降低成本？还是多花相伴，增加色彩。

时在二〇一五年四月五日。

碧沙岗公園賞海棠花

海棠岁岁绽春风，多少游人笑语中。素裹红装皆绚丽，西施到此也羞容。

时在二千零一十五年四月五日。

清明游園遇雨

满園盛放紫荆花，树树行行灿若霞。今日清明天小雨，酒家不问急归家。

时在二千零一十五年四月五日，农历清明节。

碧沙岗公园赏海棠花

海棠岁岁绽春风，多少游人笑语中。
素裹红装皆绚丽，西施到此也羞容。

时在二〇一五年四月五日。

清明游园遇雨

满园盛放紫荆花，树树行行灿若霞。
今日清明天小雨，酒家不问急归家。

时在二〇一五年四月五日农历清明节。

賀河南中醫学院第三附属医院創三甲成功

三甲院名梦已圆，欢歌笑语夜难眠。
齐心协力創佳绩，再启新航勇向前。

全院上下，齐心协力，医院发展，日新月异。经国家中医药管理局，组织专家组，检查验收。于二千零一十四年八月，下文批准为三甲医院，同年十一月正式挂牌。全院一片欢腾，夙願得償。

贺河南中医学院第三附属医院创三甲成功

三甲院名梦已圆，欢歌笑语夜难眠。
齐心协力创佳绩，再启新航勇向前。

全院上下，齐心协力，医院发展，日新月异。经国家中医药管理局组织专家组，检查验收，于二〇一四年八月，下文批准为三甲医院，同年十一月正式挂牌。全院一片欢腾，夙愿得偿。

郑州市人民公園看牡丹

众口同誇富貴花，满園春色乐无涯。
紛紛摄像留心爱，多少游人带小娃。

人民公園牡丹盛开，观賞者甚多，花如海洋，人亦如海洋。儿童是国家的花朵，牡丹花可愛，儿童更可愛。时在二千零一十五年四月十二日，星期天。是日半阴半晴，非常宜人。

郑州市人民公园看牡丹

众口同夸富贵花，满园春色乐无涯。
纷纷摄像留心爱，多少游人带小娃。

人民公园牡丹盛开，观赏者甚多，花如海洋，人亦如海洋。儿童是国家的花朵，牡丹花可爱，儿童更可爱。时在二〇一五年四月十二日，星期天。是日半阴半晴，非常宜人。